出版禁止

死囚之歌

THE LAUGHING
DEATH ROW INMATE

長江俊和
Toshikazu Nagae

劉愛夌——譯

目錄

前言

社會是由無數行為交疊而成。

日復一日的勞動與生活中，盡是邂逅與別離，喜悅、悲傷、憎恨……各種情緒有如千絲萬縷般糾纏在一起。看似無序可循，唯有時間不容置疑。時光不斷流逝，形成以歷史為名的秩序。人類社會有如一條大河，你我都無法抗拒捲入其中。

犯罪也是同樣道理。人與人在社會的大河之中彼此交連，犯罪也是綿綿不絕，環環相扣。將犯行「立案」是很簡單，但光只是這麼做，並無法釐清犯罪本質。任何案件都是人為所致，背後都有一條名為犯罪的大河，裡面流的，是混濁而洶湧的情緒黑水。

本書是將數篇真實案件的採訪報導、報導文學彙整後編纂而成。這些文章的時代、作者、主題各異，彼此卻是息息相關。其中也包括出版後被撤稿回收的內容，但我認為這些內容是不可或缺的破案關鍵，所以還是決定收錄在本書之中。

收錄的順序是由編纂本書的筆者任意排列，若您讀到最後，我想應當能夠體會其中深意。

編完這本書我只想說——

「惡魔」一詞堪稱人類史上最偉大的發明。無論我們做了什麼惡行，都可以全數推給惡魔。世上沒有比這更好用的詞彙了。

編者

〈鬼畜之森——柏市・小姊弟誘殺案——〉

（文・橋本勳　刊載於雜誌《流路》二〇〇二年八月號）

松戶

須藤（假名）已進駐松戶站超過十年，他本來住在上野公園（上野恩賜公園），但只待了半年左右就離開了。

上野公園裡的遊民多達兩百人，當中甚至有負責統合的角色，還開辦了類似自治會的組織。這倒不打緊，麻煩的是上野公園的象徵地標——西鄉隆盛銅像那邊。那附近有個曾當過流氓的遊民，一天到晚擺架子耍威風。據說他本來在蹲苦窯，出獄後才發現原本加入的幫派因經濟不景氣解散了。須藤曾被那人找過好幾次麻煩，所以他每次都刻意繞過銅像。上野的遊民之間尊卑分明，做事經常有所顧忌。這讓須藤感到很厭煩，他明明是因為不想與人交際才到公園流浪，當了遊民卻仍被人際關係綁手綁腳，這跟之前有什麼兩樣？於是，他毅然決然離開了上野。

之後他走過南千住站、綾瀨站，來到現在的松戶站。松戶站是ＪＲ常磐線和新京成線交會的轉乘站，常磐線的快車、特快車，以及連接地下鐵千代田線的各站皆停列車，都會停靠松戶站。

規模大、乘客多的車站最適合遊民過露宿生活。小站只有各站皆停列車才會停靠，人潮少，店家也少，遊民要覓食自然困難許多。像松戶線這種多線停靠的轉乘站最好，車站裡經常是人山人海，附近也商店林立，最起碼不用擔心吃的問題。再加上站內寬敞，以前住公園時下雨還得搭帳篷，現在多的是地方遮風避雨。因為這個原因，松戶站附近的遊民不少。不過，相處起來卻不像上野那麼多拘束。對須藤來說，松戶站是再合適不過的居處。

上午十點多過了尖峰時刻，車站裡的通勤族已散去。須藤來到一樓的車站大廳，走向大型樓梯旁的垃圾桶，想看看裡面有沒有通勤族丟掉的早餐剩飯。以前他都是去翻速食店後方的垃圾桶，只要在早上垃圾車來前去翻，通常都能找到前一天的剩飯殘渣，又或是店裡丟棄的過期漢堡。然而，最近店家為了不讓須藤這種遊民來翻垃圾，都是將過期品先過水才丟棄。

須藤將手伸進樓梯旁的垃圾桶翻找。垃圾桶裡幾乎都是報紙和紙屑，但他可不敢大意，因為這裡偶爾能找到「絕世珍品」——超商便當或未開封的麵包。須藤早已不在意他人的眼光，即便有路人投來藐視的眼神，他也沒有因此停下動作。以前須藤還在上班時，在路上看到遊民也同樣是睥睨以對。當時的他作夢也想不到，自己竟然有一天會過上這樣的生活。

須藤已不記得自己今年幾歲，推測大約是五十三、五十四左右。他家裡有妻子和兩個兒子，但失聯後就沒再見過他們。算一算，他的大兒子應該已經成年了。最近須藤甚至想不起妻小的長相，就算他們從面前走過，須藤大概也認不出來。幾年前，須藤曾回到從前與家人同住的公寓。當時他本在閒晃，沒有特殊的原因，就這樣不知不覺來到了公寓前。他原本只想遠遠地看一眼就好，但還是忍不住想到門口瞧一瞧。須藤戰戰兢兢地走到門口，發現門牌上的名字已經換了，這才安下一顆心。

須藤從前在中大型企業服務。他畢業自還不錯的大學，進入還不錯的公司工作，從會計部職員一路平步青雲升到財務課的主管，向銀行貸款在神奈川縣郊外買了獨棟房子，與家人過著平凡的生活。到了九〇年代，公司的經營狀況每況愈下，泡沫經濟破滅後，大企業一間接著一間倒閉，須藤的公司也執行了大規模裁員。當時須藤的工作就是炒下屬魷魚，其中有老鳥也有菜鳥，有人甚至對須藤咒罵一番後才辭職。須藤雖然對下屬感到很愧疚，但這也是逼不得已，自己只是依上頭的命令行事罷了。

然而，之後事情卻出現意想不到的發展。公司撤掉了須藤的主管頭銜，將他從財務課調至人才開發室。人才開發室又名「裁員室」，也就是說，須藤已被公司列入裁員名單中。人才開發室的樓層空蕩蕩的，辦公室裡連足夠的電話跟辦公桌都沒有。須藤每天早上到公司後，就是去各部門的辦公室打掃收垃圾。以前公司是將清掃工作外包給清潔公司，後來竟用「削減支出」的名義，改由須藤等人負責。公司故意讓須藤這種「前主管」在菜鳥員工眼前打掃，頗有殺雞儆猴之意。

最後，須藤領取微薄的遣散費辭職了。當時他深信自己很快就能另起爐灶，畢竟他是會計專家，英雄不愁無用武之地——事實卻證明他太天真了，當時須藤已超過四十歲，根本沒有公司願意開高價聘雇他。須藤費盡千辛萬苦，才在一間小型貿易公司的會計課謀得一職。然而，這份薪水卻不足以支付他現在的生活花費，每個月光是房貸、學貸就是一筆龐大的開銷。後來須藤終於撐不住，只好賣掉房子改租公寓。

過沒多久，須藤就被貿易公司炒魷魚了。為了養家活口，他當過警衛，也做過清潔工、搬家工，甚至被酬勞蒙蔽了雙眼，幫人賺黑心錢——假稱自己是裝修公司的業務，專挑老房子下手，以「免費檢查」的名義爬上人家屋頂，故意拿槌子敲壞屋瓦，藉此幫公司賺取裝修費用。對此須藤感到很過意不去，但為了混口飯吃，他只能硬著頭皮照做。不過，這份工作並沒有持續太久，某天他一如往常到公司上班，卻發現公司的招牌憑空消失，門口貼著「空屋出租」四個大字，裡面已是人去樓空。大概是怕被警方盯上，就先開溜了吧。重點是，那間公司還欠須藤三個月的薪水，之後卻人間蒸發，完全沒跟他聯絡。對此，須藤也只能自認倒楣，「這大概是我的報應吧……」他心想。

雖然吃了很多苦，但須藤依然非常努力。泡沫經濟破滅後，大家都在過苦日子，自己並非唯一的特例。他深信，景氣馬上就會起死回生，日本很快就能恢復以往的繁榮。然而，這終究只是須藤的空想罷了，景氣並未好轉，自己也落得在街頭流浪的地步。

須藤離家只是因為一些芝麻蒜皮的小事。他被公司裁員後，太太為了貼補家計而出外工作。沒想到太太的薪水還不錯，甚至取代須藤成了家中的經濟支柱。慢慢地，太太愈來愈瞧不起須藤，動不動就嫌棄諷刺他，一天到晚跟他吵架。就連孩子也對須藤視若無睹，讓他在家站也不是坐也不是，不知何去何從。因為這個原因，須藤下班後根本不想回家，時常一個人拿著啤酒在外頭閒晃。一天，他因為喝茫了沒搭上最後一班電車，在公園的長椅上睡了一晚。隔天早上醒來後，想到要回家就一個頭兩個大。徹夜未歸……回家免不了被老婆痛罵一頓。不知如何是好的他，只好在街上亂逛，沒想到心情竟因此輕鬆不少。於是，他那天也沒有回家，隔天、再隔天還是沒有回家。接下來的日子，須藤都睡在公園裡，待他注意到時，自己已變成了遊民。

須藤對那個男人印象特別深刻。那個男人來到這裡時，須藤已在松戶住了一年多。

「他的名字叫……喔對！叫望月，時間過得好快……這個案件已經是九年前的事了！」須藤表示，望月這個人充滿了謎團，雖然頭髮斑白，但實際年齡應該只有四十歲左右，算是年輕一輩的遊民，且他身材高瘦、皮膚白皙，在街友中算是乾淨的。望月的個性安靜沉穩，總是坐在地下道的角落，從沒看過他鬧事或發脾氣。因此，須藤聽說他犯下那樁案子時嚇了好一大跳，簡直不敢相信。

不過，冷靜想想，望月會犯案並非沒有蛛絲馬跡可循。他給人的感覺很不舒服，總是動也不動，有次須藤還以為他死了。

望月從不主動跟其他遊民搭話，但須藤曾跟他小聊過，甚至一起喝過酒。不過，期間都是須藤單方面地說話，望月幾乎都是沉默以對。什麼？你說望月是怎麼變成遊民的？誰知道啊！他不喜歡講自己的事。

望月在松戶待了半年就離開了。當時一名老街友被「鮪魚」光顧，原本藏著的大筆現金不翼而飛。所謂的「鮪魚」，是指偷竊同伴財物的遊民。該街友懷疑是望月幹的，帶了一票街友包圍逼問他。

「是你偷的吧！你就老實承認吧！敢做敢當喔！」

面對一群街友的指控，望月不置可否，只用一雙死魚般的眼睛沉默以對。其中一個比較衝動的街友被望月的態度激怒，帶頭揍了望月一拳。其他街友見狀也跟著動手，開始圍毆望月。當時須藤就在旁邊，但他選擇明哲保身，假裝沒看見。

一群遊民就這樣把望月揍到昏倒。望月失去意識後，他們仔細搜找了望月的東西，卻沒有找到現金。隔天，望月便從松戶站消失了，須藤也不知道他的去向。

說也奇妙，望月遭眾人圍毆時完全沒有抵抗，無論那些人怎麼對他拳打腳踢，他都沒有叫出聲，只是像一只橡膠人偶一般任人擺佈……搞得那些人愈打愈不是滋味。

每每被打時，望月的臉上總浮現一絲笑意。這不禁令人懷疑，他是否在享受這樣的暴力。

現場

聽完遊民須藤的說法後，我給了他三千日圓以及從便利商店買來的啤酒和麵包以表謝意。這段證詞實在太珍貴了，真慶幸還有人記得望月這號人物。事實上，調查前我已是半放棄狀態，畢竟事情都過了九年，應該沒有人記得他了吧。須藤說，很多遊民在上野公園一住就是幾十年，遊民只要住得舒服，通常就不會隨便變換基地。

跟須藤道別後，我通過松戶站二樓的中央票口，前往常磐線的各站皆停列車月臺，搭了十幾分鐘的電車，來到了M車站。

M車站位於千葉縣柏市，雖然只有各站皆停列車會停靠，利用的乘客卻不少，車站附近也很熱鬧。M站附近居住環境相當便利，花不到一個小時就能到達市中心。我走出車站，從包包拿出地圖影本確認。目的地在三公里外，車站附近有許多大型商業設施和柏青哥店。這是我第一次來到柏市，柏市北以河川利根川為界，過河就是茨城縣；東以湖沼手賀沼為境，鄰接我孫子市。

走了一陣子後，我來到國道[1]六號線上，路邊是再平凡不過的關東近郊地方都市景色。這裡店鋪林立，有連鎖餐廳也有二手車店，路上行車絡繹不絕，不斷有聯結車和大卡車從我身旁呼嘯而過。車道雖為雙線道，人行道卻相當窄小，只有留人與人擦肩而過的距離。這樣的路況令人心慌意亂，於是我決定彎進住宅區的巷弄。

這座住宅區幾乎沒有行車，就連行人也很少。房子大多都是電梯大樓和透天厝，偶

1. 一般道路，類似臺灣的省道。

爾夾雜著菜園。我來到一棟還沒蓋好的大樓，走過施工圍籬，便到達今天的目的地。

那是一座位於住宅區街角的兒童公園，不但占地寬敞，處處可見青草綠樹，還有各式各樣的遊樂設施。因還不到放學時間，公園裡沒有小學生，只有幾個帶孩子來玩沙的主婦，還有老人家在散步。

我走到單槓旁的長椅坐下，放眼望向整座公園。悠閒的春日午後，公園裡的綠樹呈現一片蒼翠。多麼安逸平凡的景色呀！實在很難想像，這裡九年前竟發生過那麼悲慘的案件。這時，有小朋友突然在沙坑裡跑了起來，被絆倒後放聲大哭，他的媽媽急忙衝到他身邊。想必九年前，那個男人也是坐在這張長椅上盯著小孩看吧。

起身在公園裡走了一下後，我感覺到好像有人在看我。轉頭一看，發現一群推著娃娃車的主婦正一臉訝異地看著我。這也是無可厚非，畢竟一個大男人在大白天來到公園，任誰也會覺得奇怪吧，更何況這裡曾發生過那樣不堪回首的事。於是我決定，在她們心生疑慮前先行離開。

走出公園後，我又從包包裡拿出地圖影本，找到事先做好的記號，沿著住宅區前行。

半晌，我來到一條下坡，坡道兩旁各種有一排行道樹。過了坡道就是近年的重劃區，柏油的顏色很新，看來是新鋪過的。這裡離公園還不到一百公尺，路旁卻蓋了一整排高樓住宅，大樓中央還蓋了水泥廣場。

這裡原本有一間木造房屋，被害人以前就住在那裡，屋外有一座大院子和水泥圍牆。或許是為了抹滅痛苦的記憶吧，案件發生後，他們家便把房子賣了，舉家遷移別處。之後這個地方被列入重劃區，附近的房子都被拆除，當然也包括那棟木屋，現已看不見半點當時的痕跡。

話說回來，該案件真的很不可思議。要說這件事眾所皆知嗎？似乎也不是。剛發生時驚動了整個社會，現在早已被忘得差不多了。雖然這麼說對家屬很失禮，但該案已破案，兇手也已落網，對媒體而言，這個案件已經「結束」了。

既然已經破案了，我為什麼還要採訪這個案件呢？主要是因為我想釐清兇手犯案的動機。兇手和被害人之間沒有任何的交集之處，在案件發生前，他們素昧平生，兇手跟被害家庭之間也沒有任何糾紛，然而，那個男人卻對他們做出了令人不忍直視的殘忍行為。

「無動機殺人案」在現代社會中早已屢見不鮮，但即便沒有直接的原因，背後也有間接的契機，像是負債累累、家庭方面的問題、無法適應社會生活……等。當然，本案兇手的背景也並非純白無瑕。根據法庭紀錄，法官認為他的惡行和生活背景有關。但我把法庭紀錄反覆讀了好幾遍，還是無法接受這樣的說法。

惡魔是如何進駐他心中的？

為了釐清真相，我開始追蹤這個案件，蒐集當事人和相關人員的證詞。不過，事情畢竟已經過了九年，要找到這些人並不容易。再加上這是一樁慘絕人寰的兇殺案，有些人甚至以「不願回想」為由拒絕受訪。雖然過程困難重重，但還是有人願意幫忙，提供珍貴的相關證詞。本報導文學是基於採訪內容寫成，希望能帶大家釐清重重謎團，一窺案件全貌。

雜木林

一輛廂型車開到位於住宅區後山的雜木林入口。

那是一九九三年二月九日的早上七點二十五分，雖然時間還早，但入口已停了好幾臺警燈閃爍的警車。

市島徹將廂型車停在警車後方，隨後便下了車，打算先獨自到林中確認現場狀況。昨天下了一場不合時節的大雨，雖然雨在夜裡就停了，但樹林裡還是很溼，土壤吸飽了雨水。市島沿著林中道路前行，一路避開水坑，走到搜查人員的聚集之處。

當時市島的階級為巡查部長，他進入警界服務已有二十年，認識不少搜查人員，和本案的搜查組長已有多次配合經驗。搜查組長看到市島來了，立刻跑向他。

「市島哥，抱歉讓您久等了！您的夥伴呢？」

「還在車上，我自己先來勘查現場。」

「好的，我請人帶您過去。」

這位組長是國立大學畢業的警界菁英，雖然比市島年輕，卻非常精明能幹，階級也在市島之上。組長找來了一位下屬刑警，請市島跟著這位穿著夾克的搜查員走。市島隨他進入崎嶇的樹林之中，因腳下非常溼滑，市島簡直是寸步難行。

走在前面的刑警對市島說：「請您小心走喔，昨天的大雨把一些地方沖塌了。」

市島一路撥開茂密的枝葉。半晌，他聽到細微的水流聲，愈往前走水流聲愈清晰。走下緩坡後，一條小溪映入了市島的眼簾。

這條小溪寬度不到一公尺，平常應該是涓涓細流，然而經過昨天那場大雨後，如今已成了夾帶著土砂的湍急黃水。小溪前方有一塊不到四坪大的荒地，上頭沒有任何樹木，只有矮竹和雜草叢生，且有些地方疑似因為土崩而導致土壤裸露在外。荒地上除了有手戴白手套的鑑識人員在採集證據，還有幾個搜查人員圍著一個疑似嫌犯的高瘦男子。該男全身瘦得跟皮包骨似的，雖然頭髮已斑白，但看得出來他跟市島年齡相仿，大概是四十多歲。

市島確認完地點後便走出雜木林，打開廂型車的後車廂，一個黑影迫不及待似地蹦了出來。市島牽起魯道夫走進雜木林，踏著泥濘將不斷吐著白氣的魯道夫帶到現場。他從搜查人員手上接過嫌犯持有的孩童衣物，拿到魯道夫溼潤的黑鼻子旁。

「魯道夫，記住這個味道，去找！」

市島的命令一下，魯道夫立刻出動，只見牠靈活的黑色雙腳在矮竹間四處踏走，開始搜索遺體。當年魯道夫四歲，牠是市島一手訓練長大的公德國狼犬，也是市島引以為傲的夥伴。

市島是擁有十五年資歷的資深警犬訓練師。剛進入警界時，他原隸屬於地區巡邏車隊，後來才自願加入警犬訓練團隊。為什麼他想當警犬訓練師呢？其實沒有什麼特別的原因，硬要說的話，大概是因為他從小就很喜歡動物。

市島還記得第一次見到魯道夫的情景，牠狠狠瞪著市島，齜牙咧嘴地低吼。因為魯道夫脾氣暴躁，其他訓練師都拿他沒轍。但市島沒來由地對牠很有好感，所以便自願成為魯道夫的訓練師。

訓練警犬的第一課是「認主人」，為了讓警犬絕對服從主人的命令，首先必須施以嚴格的管教。但若只是一味責罵，是無法教出優秀的警犬的。因此，訓練師還必須陪牠們一起玩、餵牠們吃飯，給予無微不至的照顧。訓練警犬的關鍵在於耐心，因警犬不會說話，想要跟牠們建立信任關係，就必須成為牠們最害怕又最喜歡的主人。唯有訓練師真心以對，警犬才能發揮實力。訓練魯道夫的那段期間，市島甚至假日也來上班，在他的努力下，魯道夫在一年內就成為出色的警犬。

警犬是不會說話的搜查員，專門負責搜索失蹤人口、找出藥物和炸彈、依循犯人或被害人的氣味追蹤行跡，又或是搜尋屍體。牠們擁有高出人類數千倍甚至一億倍的敏銳嗅覺，所以總能找到關鍵性的證據，在警犬的幫助下破案的例子更是不勝枚舉。

這天，魯道夫的任務是找到埋在土裡的屍體。說老實話，市島並不希望牠找到，因為嫌犯供稱自己埋在這裡的，是孩童的屍體，而且還是兩具。市島已為人父母，可以的話，他真不想目睹可愛孩子的悲慘死狀。當然，這些事只能心裡想想，斷不能宣之於口……

魯道夫可管不了那麼多，只見牠將溼溼的黑鼻子貼著地面，到處又嗅又聞。對此刻的魯道夫而言，牠的工作是實現主人的願望，找到屍體才能取悅主人。警察犬就是這樣，對主人唯命是從，在達成目標前絕不放鬆。

看著眼前的「搜查員」戴著項圈賣命尋找屍體的模樣，市島不禁肅然起敬，重新體會到「這就是自己的工作」。如果真有孩童被埋在冰冷的土中，他應儘早把他們找出來，幫孩子脫離苦海，幫父母釋疑破案。

平常魯道夫只要聞到屍體的味道就會輕跳或吠叫，今天都埋頭聞了十來分鐘，卻沒有任何反應。大概是因為今天地面較為溼軟，無法發揮平常的實力吧。偶爾抬起頭來，也只是一臉憂愁地看向市島，不斷重複著這樣的動作。

市島不禁心想，說不定嫌犯在撒謊。那人昨晚突然到派出所自首，說自己殺死了一對年幼的姊弟，供稱自己把兩姊弟從公園帶到雜木林，殺死他們後直接埋在樹林裡。雖然這對姊弟已失蹤了幾天，嫌犯也指認過兩姊弟的照片，他持有的孩童衣物經被害人父母確認，也已確定是兩姊弟失蹤時穿的衣服。但是，即便他說的話有一定的可信度，魯道夫找不到屍體卻是事實。如果他真殺了那對姊弟，魯道夫應該早就找到了。

聽說嫌犯是個遊民，他是不是因為想要被警方拘留，才刻意編了這個彌天大謊呢？畢竟昨天外頭下了一整天的淒寒冷雨，待在拘留所還比較舒服，更何況拘留所還有熱呼呼的飯菜可以吃。但如果真是如此，他為什麼會持有失蹤小姊弟的衣服呢？這又要怎麼解釋？

「魯道夫沒有做出反應，屍體應該不是埋在這裡。」市島向搜查組長報告。

「不會吧？嫌犯是說這裡沒錯啊。」搜查組長口氣盡是不悅。

市島瞥了嫌犯一眼，那男人被兩個搜查人員夾在中間，站得直挺挺的，一副光明正大的模樣，毫無犯下滔天大罪後該有的悔過之意。他到底在想什麼？市島遠遠端詳嫌犯的臉龐，不過，男人細小的雙眼卻未流露出任何情緒。

就在這時，魯道夫突然有了動靜。牠離開嫌犯供稱的區域，走下靠近小溪的緩坡，來到昨天土崩裸露出土壤的地方進行搜索，沾得全身都是泥巴。突然間，牠停下了動作，用鼻尖碰著地面發出低吼聲——這是魯道夫有所發現的反應。牠前後腳併用開始挖土，挖了半晌後，對著市島高聲吠叫。這是在告訴主人，遺體就埋在這下方。

搜查和鑑識人員見狀，立刻拿出鏟子往下挖。就這麼挖了一會兒後，搜查人員臉色一沉——土裡露出了慘白的人類皮膚。他們小心翼翼地將旁邊的土撥開，發現那是一隻小孩子的右腳。搜查人員一片低聲譁然，最後，他們挖出一具緊握著拳頭的孩童屍體。

那是年約四、五歲的男孩，赤裸的身體沾滿了泥巴，皮膚已毫無血色。他的雙眼緊閉，臉上有紫色瘀青。搜查人員一起向遺體雙手合十，市島也跟著閉目合掌。

魯道夫立了大功。一開始牠之所以毫無反應，是因為昨天的大雨引發土崩，連帶移動了屍體的位置。

「這附近也找一下。」搜查組長冷靜地說。

搜查人員開始翻挖附近的土，很快就找到另一具一頭長髮的女孩屍體。女孩大約比男孩高一個頭，一樣全身被脫得精光。

嫌犯沒有說謊，一切正如他所說，警方在雜木林裡發現兩具被埋在土裡的孩童屍體。市島看向嫌犯，他已非面無表情，嘴角竟掛著一抹微笑。

找到屍體的警犬魯道夫於三年後退休，並在二〇〇〇年死亡。牠的遺體被埋葬在動物墓園，跟許多警犬長眠該處。市島也已於去年退出警界，改到民營的警犬訓練所擔任訓練師。

姊弟

永井多惠以前在公園旁有一塊菜園。

務農是多惠每天的必行工作。那時她每天都一大早起床，然後在菜園待上一整天。因從菜園可看見公園，她偶爾會讓孩子到公園玩，自己就在菜園裡種菜。光陰似箭，感覺不久前多惠還每天過著相夫教子的生活，如今兩個孩子都成年了。

多惠剛嫁過來時，這附近全都是菜園，當然也沒有那座公園。以前這一區都是農家，現在多已改建成大樓，菜園也所剩無幾。兩年前多惠的丈夫去世後，她就把菜園賣了。如今建商在該處建蓋大樓，外側已圍起圍籬，每天都在施工。

九年前……那時多惠的兒子已是高中生，女兒也已升上國中，兩個孩子都已過了去公園玩的年紀。不過，當時多惠每天都到菜園工作，想不注意到公園裡的情形都難。那個男的是在夏天左右住進公園的，因這裡很少遊民出現，所以多惠記得特別清楚。

就一個遊民而言，他的外表算是乾淨的，不但經常換衣服，也有好好修剪頭髮。因為外型的關係，他在公園裡並不特別突兀。

多惠一開始注意到他，是因為他整天都坐在長椅上看小朋友玩。

一開始他只是看，慢慢地，他開始跟孩子玩丟球、鬼抓人又或是捉迷藏。後來還不知道從哪弄來了一些古早童玩，教小朋友打陀螺和玩紙牌。這讓他成了孩子間的人氣王，每天都有一堆小朋友圍在他身邊。

不過，為人父母都不喜歡讓小孩跟來路不明的陌生男子玩，所以附近的爸媽都對他相當警戒，有些媽媽甚至因此禁止孩子去公園。今天若換作多惠，她也會這麼做。

在眾多孩童之中，又屬被害姊弟跟那名男子感情最好。小姊弟就住在公園附近，他們家那邊後來被列入重劃區，如今已是滄海桑田。多惠跟他們家不是很熟，只知道房子本身年代久遠，其餘也不是很清楚。不過，她經常在公園裡看到那對姊弟，六歲的姊姊那年就要上小學，四歲的弟弟才剛念幼稚園。偶爾他們的媽媽也會來公園，但大多時間都只有姊弟兩人，偶爾還會加入另一個不知道誰家的女孩。那位媽媽應該是覺得公園就近在咫尺，所以才讓孩子自己行動，沒想到卻迎來這樣的悲劇。

小姊弟每天都黏著那名男子。

他們每天都來公園，跟他玩到太陽下山，偶爾還會姊姊單獨前來。多惠曾多次見到那男的把姊姊帶離公園。命案發生後，多惠才聽說兇手曾猥褻姊姊，想必他把姊姊帶出公園就是去做那些下流的事吧！這讓多惠感到怒火中燒，對方不過是六歲的小女孩啊！

沒多久，便傳出姊弟倆遭人殺害的消息。事情剛曝光時鬧得沸沸揚揚，每天都有警車和媒體採訪車進出公園。多惠曾多次配合警方問話，也接受過週刊雜誌和電視臺的採訪。發生這樣的事讓她深感痛心，也很同情被害人的父母。多惠氣自己明明每天都待在菜園，卻未能阻止悲劇發生。如今，她只希望兩姊弟在另一個世界能過得快樂。

多惠這才驚覺，這件命案已經過了整整九年。雖然她自認不是個完美媽媽，但也順利把兩個孩子拉拔長大。每每想到這個案子，多惠總會提醒自己：很多理所當然的事物都是無可取代的。

自菜園賣掉後，多惠就很少到公園附近走動了。偶爾路過那邊，她總會想起那對枉死的小姊弟，並合掌為他們祈禱冥福。

失蹤

鈴木香（假名，Suzuki Kaori）是在兇殺案發生的三年前搬進這棟大樓的。她原本和先生、大女兒在東京的大樓租屋，二女兒出生後，原本住的地方空間有些不夠，所以才在柏市買了現在這間房子。香的先生在一間汽車廠商的子公司工作，該公司的總部設於東京，從柏市搭電車到市中心大約要一個小時，通勤雖然有些不方便，但這棟大樓才新建好一年，價格不貴之餘，旁邊還有一座大公園，很適合有小孩的家庭居住。

香是名家庭主婦，她以前在成衣公司工作，生完大女兒後便離職，專心在家帶小孩。她本想在育兒告一段落後回歸職場，最後卻無法得償所願。因為搬到柏市後，他們又生了一個弟弟。香每天被三個小孩搞得一個頭兩個大，根本沒有餘力工作。

時至今日，香只要一想到小椋太太，還是會忍不住淚眼盈眶。她實在不懂，為什麼會發生這樣的事？香之所以會認識小椋鞠子（Ogura Mariko），是因為她的大女兒和鞠子的女兒讀同一所幼稚園。剛開始因為孩子不同班的關係，兩個媽媽也只是點頭之交。升上中班後，兩個孩子被分到同一班，香才和鞠子熟稔起來。鞠子是兩個孩子的媽，和香一樣是專職家庭主婦。幼稚園放學後，她們常在香住的大樓前聊天，讓孩子們一塊玩，媽媽們就在一旁互吐育兒苦水。鞠子的年紀比香小一點，案發當時大約三十歲左右，個性開朗健談。因兩家的家庭結構相當類似，香和她特別聊得來。鞠子家的女兒叫做須美奈（Sumina），弟弟叫做亘（Wataru）。須美奈是個可愛的女孩，個性跟媽媽一樣活潑開朗；亘就比較調皮，經常跟香的孩子一起追逐奔跑。香不記得小椋先生的名字，但知道他在銀行工作。小椋先生的身材勻稱，個性成熟穩重，跟開朗外向的鞠子正好相反。雖然香沒跟小椋先生講過幾句話，但他經常出席幼稚園的活動，假日也常帶孩子去公園玩，感覺是個顧家的老公。

香去過鞠子家幾次，她家位於公園旁的下坡上，是一棟透天老房。屋外有大院子和水泥圍牆，從牆外可看到青青綠樹的枝頭。鞠子一家都很喜歡動物，從前好像有養狗。不過，因為香家離公園比較近，幾乎都是鞠子去香家作客。

帶孩子去公園玩時，鞠子常和香話從前。據說鞠子在婚前吃盡了苦頭，她的男人運奇差無比，從沒談過像樣的戀愛，直到遇見這個有房子的銀行員，才找到屬於自己的幸福，還生了須美奈和亘兩個寶貝。

香對那天發生的事還記憶猶新——記得那天是星期日，當時香正在準備晚餐，所以應該是傍晚六點左右。晚餐煮到一半時，鞠子突然來按她家門鈴。

「不好意思，請問須美奈和亘在妳這嗎？」

「沒有耶。」

聽到這裡，鞠子雙眼一沉。香注意到她的樣子不太對勁，不像一般。當時須美奈和香的大女兒都是六歲，亘才四歲，小朋友在公園一起玩完後，姊弟倆常會順道來香家玩。但是那天香的孩子一整天都待在家裡看卡通，並沒有去公園。

「他們還沒回家嗎？」

「是啊，照理說他們應該在公園玩，不知道跑去哪了。」

「怎麼會這樣！他們沒待在公園裡嗎？」

「沒有耶……沒關係，我再去找找看，謝謝妳。」

說完，鞠子便垂頭喪氣地離開了，香彷彿看到她的雙唇在微微顫抖。找不到兩個孩子，心中肯定是七上八下、惶惶不安。香突然有種不好的預感，但很快被她壓了下來，沒想到，自己的擔心卻成真了。

之後，鞠子和先生分頭到其他公園和車站附近尋找，並打電話到朋友及幼稚園同學家詢問。他們找遍了姊弟可能去的所有地方，卻一無所獲。

當晚八點多，鞠子和先生報警。幾個刑警悄悄來到小椋家安裝電話錄音器，並守在電話旁待命。如果兩姊弟是遭人綁架，歹徒應該會設法聯絡小椋夫婦，這時就可像電視電影常演的那樣，透過定位追蹤功能鎖定對方的位置。記得在幾年前，有個叫做宮崎勤的男子連續犯下多起女童綁架撕票案，當時他不但向警方發送充滿挑釁的聲明書，還三番兩次耍弄警察（「東京埼玉連續女童綁架殺人案」一九八八～一九八九年）。有了該案的前車之鑑，警方面對這種案件顯得特別小心翼翼。當晚刑警輪班在小椋家等電話，但一直到隔天，都沒有任何可疑的來電。

兩姊弟失蹤兩天後，香得知他們已經去世的消息。那天她外出買東西，看到公園前停了好幾輛警車，問了鄰居才知道，警方已尋獲須美奈和亘的遺體。這個消息有如晴天霹靂，香感到背後一涼，沒想到自己害怕的事竟然成真了。須美奈十天前才剛過完六歲生日，亘也才四歲，兩條幼小的生命居然就這樣沒了。香無法接受這個事實，畢竟幾天前，兩姊弟還精神奕奕地跟她家的孩子玩在一塊。

兇手是經常在公園附近閒晃的男性遊民。香經常在公園看到那個男的和放學的小學生玩，他也跟香的孩子搭過話，香有陣子還因此禁止孩子去公園玩。香好後悔，自己那時候為什麼不報警或聯絡行政單位，請他們即時處理呢？若自己能夠再謹慎一點，就不會發生這樣的慘案了。

那個男的到底為什麼要帶走並殺害這對小姊弟？兇手從頭到尾都沒有跟小椋夫婦聯

絡，既然不是為了錢，難道是對小椋家抱有深仇大恨嗎？然而警方調查發現，該名遊民跟小椋家素昧平生，看來他只是隨機挑上了須美奈和亘。香實在為鞠子的兩個孩子感到不值，一想到自己的孩子也可能成為犯案對象，香就感到心驚膽跳。

香曾暗自苦惱，若在路上遇到小椋夫婦要怎麼予以安慰。然而案發後，她便再也沒見過他們夫妻倆，聽說他們已經把房子賣掉搬走了。沒想到，那天在門口的短短幾句話，竟成了鞠子和香的最後對話。香不知道他們夫妻現在過得如何，只希望他們能一切安好。

家裡附近的公園發生了慘絕人寰的兇殺案，這對香造成了很大的創傷。她再也不敢讓孩子去公園玩，也曾跟先生提出搬家的要求，但因為還有幾十年的房貸得還，先生只能一笑置之。其實香很清楚，要搬家談何容易，但她只要想到悲劇可能發生在自己身上，就感到坐立不安。

所幸自那次以後，這附近就沒發生什麼大事了。大家不會特別重提小椋家的案子，大多新住戶也不知道這座公園曾上演過這樣的憾事。案發當時，香的孩子因為驟失好友而受到不小的打擊，但如今三個孩子都已長大，也沒人記得這件事了。

小椋家那一區後來被列入重劃區，如今已改建為一整排雄偉壯觀的大樓。香的育兒生活已告一段落，現在她在家工作，幫服飾店架設網站。

派出所

竹村宗平（假名，Takemura Sohe）永遠忘不了那一天。

當上警察後，竹村從未立過大功，每天過著庸庸碌碌的生活。如今四十五歲的他，七年前已辭去警察的工作，改到千葉縣的食品公司上班，之後他與同公司的女同事結婚，如今也已為人父。竹村長得白白胖胖的，言談舉止相當穩重，臉上總是掛著和藹的笑容。也因為這個原因，每次只要他與人說起自己當過警察的事，對方總會大吃一驚。

一九九三年二月八日，當時竹村三十六歲，在派出所擔任巡查長。還記得那天外頭下著滂沱大雨，一般二月很少下雨，但那天卻從上午就下起大雨，所以竹村印象特別深刻。晚上八點多，竹村結束夜巡後回到派出所——當時日本的派出所尚未改名，隔年政府修改警察法後，才正式改名為現在的「交番」。

竹村將腳踏車停在派出所門口，脫下溼漉漉的雨衣，三步併兩步衝進了值勤室。冰冷的大雨簡直要把竹村凍壞了，他趕緊用毛巾將頭髮擦乾，走到煤油暖爐前取暖。暖爐上的煮水壺不斷冒出裊裊白煙，竹村拿起水壺，幫自己沖了一杯即溶咖啡，待身體不再發抖後，才回到辦公桌前工作。

當時派出所所長人在休息室睡覺，下屬跟竹村交班後，便披著雨衣夜巡去了，值勤室裡只有竹村一個人。值班一般都是從早上八點開始，連續工作二十四小時。竹村苦忍著哈欠，接下來的夜還長著呢。

這間派出所位於郊外的住宅區內。竹村調來這裡已超過三年，從未遇過什麼重大案件，不是幫忙指路、照顧迷路的孩子，就是處理失物，每天都過著平凡無奇的生活。因附近沒有鬧區，入夜就一片安靜，平時就很少人在夜裡來派出所，再加上當天下著滂沱大雨，竹村壓根就不覺得有人會過來。此時此刻，他只想快快值完班，回到宿舍鑽進被窩裡補眠。就在這時——

竹村注意到門外的動靜。他不經意往門口一瞥，只見有人拉開了玻璃門，雨水不斷打進屋裡。接著，一個身上髒兮兮的男人走了進來將門關上。他沒有撐傘，穿著一件縐巴巴的外套，背著黑色的後背包，全身被雨淋得溼答答的。男人看起來約四十幾歲，身材高瘦，皮膚粗糙，斑白的頭髮間可看到幾塊裸露的紅褐色頭皮。他沒有說話，只是靜靜地盯著竹村。

「有什麼事嗎？」

見男人不說話，竹村主動問道。

他是來乞討的遊民嗎？是被大雨凍得受不了才跑進來的？如果是，未免也太不知天高地厚了。警察可是遊民的天敵，他竟然敢跑進派出所，就算外頭雨下得再大，也沒有他的膽子大。

竹村並非不願伸出援手，但警察是禁止救助遊民的。畢竟警察又不是福利事業，何況有了第一次就會有第二次，一旦嘗到甜頭，他們就會不斷故技重施。因此，即便竹村對他深感同情，也只能狠下心趕他出去。

「怎麼了？有事嗎？」竹村提高聲量，語帶責備地問。

然而，男人還是沒有回答，只是站在原地，任憑頭髮上的雨水一滴一滴落在地上。竹村憤然起身，走到男人的面前。正當他準備開口趕人時，男人開口了。

「你當警察幾年了？」

男人的滿嘴鬍碴，聲音有些沙啞，咬字卻相當清晰。竹村先是愣了一下，這下可真相大白了，這個男的只是來鬧的，根本不用理他。

「沒事的話請你離開。」

竹村好言相勸，男人卻毫無離開之意。

「你想立大功嗎？」

「別鬧了，快出去。」

「我是真心想幫你立大功，你如果趕我出去，肯定會後悔一輩子。」

「好啦好啦，快點出去。」

男人不顧竹村的口頭驅趕，接著說道：

「我殺了小孩。」

竹村聞言，忍不住嘆了口氣，這玩笑未免也開得太過火了。

「少在那胡說八道！」

「是真的，我殺了年幼的小孩，是來自首的。」

男人直直盯著竹村，那表情彷彿不屬於這個世界，他的眼神彷彿死魚般毫無感情，看得竹村倒抽一口氣。

「我殺了兩個小孩。」男人再度開口。

「兩個？」

「對，一對小姊弟。」

竹村這才驚覺，眼前這個遊民並非在開玩笑。噢不，竹村反倒希望他在開玩笑，希望他是為了打發時間，才來派出所胡言亂語……

「你知道自己在說什麼嗎？」

「當然知道。」

「你真的殺了兩個小孩？」

男人沒有回答。竹村想從表情窺探他的想法，卻只看到一雙灰濛濛的眼眸。

「回答我！你說的到底是不是真的？你是不是故意胡說八道來愚弄警察？」竹村等得不耐煩，聲音也大了起來。

這時，男人有了動作，竹村見狀下意識做出防衛姿勢。只見男人卸下背包——那是一個黑色尼龍後背包，看起來應該是從量販店買來的，背包上沾滿了泥巴，跟男人身上差不多髒。他將背包放在桌上，拉開拉鍊後，拿出東西遞給竹村。

「你看這個。」

男人拿出來的，是一件髒兮兮的黃色小洋裝，上面還有可愛的小花圖案。除此之外，還有比洋裝小一號的天藍色運動服、一件小牛仔褲、兩套內衣褲，以及男女童運動鞋各一雙。衣服鞋子上都沾滿了泥巴，運動服上還有一點一點乾掉的深紅血痕。

看到這些東西，竹村的臉色瞬間變得慘白。看來這個男的並非胡說八道，雖然還不確定他是否真的殺害了小姊弟，但他極有可能犯下了某個罪行。

竹村立刻與局裡聯絡。在等待搜查人員抵達的期間，他本想去叫醒在後頭休息的派出所長，後來卻作罷。如果這個男人說的是實話、他真的殺了兩個小孩，那竹村可不能給他任何逃跑的機會，否則事情就嚴重了。

於是，竹村拿了一條毛巾給他擦身體，讓他坐在桌旁，隨後拿出單子給他填寫資料。男人相當聽話，拿筆將空欄一一填好。他的名字叫望月辰郎，今年四十三歲，是個沒有固定工作、居無定所的街頭露宿者。

望月看上去異常冷靜。真要說起來，竹村其實比他更緊張，畢竟眼前這個振筆疾書的男人可是個殺人犯，誰知道他會幹出什麼事？竹村可不敢大意，目不轉睛地監視望月的一舉一動。

竹村實在不明白，這個人怎能如此若無其事？他可是殺了人，而且還是兩個年幼的孩童……如果他真的剛殺了一對小姊弟（事後證明是真的）卻是這種態度，那他或許根本就不是人。

「你為什麼要殺小孩？」

這句話是脫口而出的。訊問並非竹村的工作，他唯一的任務就是在搜查人員抵達前防止人犯逃跑。搜查人員將人帶至警察局後，才會開始偵訊。然而，竹村就是忍不住。

聞言，男人輕輕地放下筆，面無表情地看向竹村。他蒼白削瘦的臉上長滿了鬍碴，但仔細看會發現，他擁有精緻立體的五官，長相相當高雅。

「那是我歸結出的答案。」男人用沙啞的聲音說。

「答案……你是說，殺小孩是一種答案？」

「沒錯。」

男人說完便沉默不語，竹村啞口無言，不知何言以對。正當竹村思考該怎麼回答時，外頭傳來了警車的警笛聲。

幾名搜查人員抵達後，要求望月跟他們到局裡一趟，隨後便帶著望月離開，結束了竹村與重大罪犯——望月辰郎相遇的夜晚。

新聞報導

〈柏市樹林內發現兩具孩童遺體〉

九日上午八時許，警方於千葉縣柏市的樹林中發現兩具孩童遺體。兩名孩童已死亡數日，遭人脫光衣服埋在土中。經確認後，已證實死者是柏市居民小椋克司的女兒須美奈（六歲）和兒子亘（四歲）。八日晚間，一名居無定所的無業男子到案發現場附近的派出所自首，聲稱自己殺害了一對小姊弟，並交出被害人的衣物。警方已於千葉縣警察局柏分局設立專案小組，目前正向男子訊問案發經過。

（一九九三年二月九日　××晚報）

〈柏市・小姊弟被誘拐兇殺案　涉案遊民遭逮捕〉

九日警方於千葉縣柏市的樹林中發現兩具屍體，死者為柏市居民小椋克司的女兒須美奈（六歲）和兒子亘（四歲）。柏分局九日以誘拐未成年人、殺人、遺棄屍體等罪嫌，將嫌犯望月辰郎（四十三歲）逮捕。望月嫌犯坦承犯案，他供稱，案發當日兩姊弟本在公園遊玩，是他將兩人誘拐至附近的樹林後加以殺害。驗屍結果顯示，姊姊的頸部上有勒痕，研判是遭人勒斃；弟弟的面部有多處毆傷，疑似是因為毆打等外力衝擊致死。目前警方正全力訊問嫌犯，以釐清犯案動機與案發經過。

（一九九三年二月十日　××日報）

開庭審判

（下述法庭對話內容節錄自旁聽人的記錄）

●一九九三年二月，千葉縣柏市居民小椋克司的一雙兒女遭人殺害，死者分別為六歲的須美奈和四歲的亘。同年十月，千葉地方法院（木津茂雄法官）對本案被告望月辰郎進行第二次公開審判。

●被告剃光了頭髮，穿著白襯衫與黑色西裝褲出庭。被告坐在應訊臺，一名男性檢察官站在臺前對他訊問。

檢察官：「被告是否沒有固定工作，從案發前一年開始就在車站、公園流浪生活？」

被告：「沒錯。」

檢察官：「你為何會住進被害人家附近的兒童公園？」

被告：「沒有特別原因，這座公園是我在附近閒晃時偶然發現的。」

檢察官：「你是什麼時候認識須美奈和亘的？」

被告：「案發前一個月左右。」

檢察官：「在那之前，你就認識小椋一家了嗎？」

被告：「不認識。」

檢察官：「早在犯案前，你就帶過這對姊弟去樹林了？」

被告：「沒錯。」

檢察官：「總共帶他們去了幾次？」

被告：「我不記得了，四、五次有吧。」

檢察官：「你是怎麼邀他們去的？」

被告：「我說要帶他們去吃點心，他們就跟我走了。」

檢察官：「你為什麼要帶他們去樹林裡？」

被告：「不為什麼，只是覺得他們很可愛。」

檢察官：「你帶他們去樹林裡的哪裡？」

被告：「一座林間倉庫。」

檢察官：「在那裡做什麼？」

被告：「吃點心跟玩遊戲。」

檢察官：「沒有其他目的嗎？」

被告：「沒有。」

檢察官：「被告是否有戀童傾向？」

被告：「有沒有我不知道，但我不討厭小孩。」

檢察官：「既然你喜歡小孩，為什麼要殺害這對小姊弟？」

被告：「我們本來在倉庫裡玩得很開心，弟弟卻突然哭了起來，吵著要回家，我哄了他很久，他還是哭個不停。然後，有個聲音叫我『揍他』。」

檢察官：「聲音？誰叫你揍他？」

被告：「我不知道，反正就有個聲音叫我揍他。」

檢察官：「當場除了你、須美奈和亘以外，還有別人嗎？」

被告：「沒了，就只有我們三個。」

檢察官：「所以……是須美奈叫你揍他的？」

被告：「那不是小孩子的聲音，是肉眼看不到的東西。我想，應該是鬼怪或惡魔之類的吧。」

檢察官：「你的意思是說，有肉眼看不到的鬼怪或惡魔命令你毆打亘，是嗎？」

被告：「是的。」

檢察官：「那麼，也是惡魔命令你殺死亘的？」

被告：「沒錯，是惡魔控制我殺了他們。」

檢察官：「你是怎麼殺死亘的？」

被告：「我先打了他幾個巴掌，但他還是一直哭，我就改用拳頭揍他。」
檢察官：「你揍他哪裡？」
被告：「主要是揍臉，還有手腕跟肚子。」
檢查官：「你就這樣不斷出拳，揍到他停止哭泣為止？」
被告：「是的。等我回過神來，他已經斷氣了。」
檢察官：「也就是說，你將他活活打死了？」
被告：「沒錯。」
檢察官：「你怎麼會對四歲的孩子做這種事？」
被告：「不是我，是惡魔的主意。」
檢察官：「你打算把錯全怪到惡魔身上，好推卸責任嗎？」
被告：「我並沒有打算推卸責任，只是實話實說罷了。我非常清楚，雖然這是惡魔的意思，但實際下手的人是我，我沒有要你傳喚惡魔來接受制裁。」
檢察官：「你在毆打亘時，須美奈在旁邊嗎？」
被告：「在。」
檢察官：「她有什麼反應？」
被告：「一直哭。」
檢察官：「之後你就殺了她是嗎？」

被告：「對。」

檢察官：「你是在同一間倉庫殺死她的嗎？」

被告：「不是。我殺了弟弟後，請姊姊幫我保密。我跟她說，叔叔其實不是壞人，會變成這樣都是惡魔害的，她就聽懂了。」

檢察官：「然後呢？」

被告：「我原本打算逃走，又覺得把屍體留在倉庫裡不妥，所以就改變主意，決定先找地方埋屍。我從倉庫拿了一把鏟子，一手抱著弟弟的屍體，帶著須美奈離開倉庫。當時太陽已經開始下山，我一心只想在天黑前把屍體埋好。在樹林裡繞了幾圈後，找到一塊沒有樹木的角落。挖洞時我想了很多，我不能就這樣放須美奈回去。其實我大可直接殺了她杜絕後患，但我做不到。既然須美奈那麼黏我，我何不帶著她一起逃跑，把她當作自己的女兒？須美奈長得跟我女兒小時候很像，若把她帶在身邊，我的人生或許就能重來。」

檢察官：「可是你還是殺了她。」

被告：「是的。我挖得太入神，一轉眼才驚覺她不見了。我太大意了！四周都不見她的蹤影。突然有個聲音說：『糟糕！快把她找出來！』我照做了，立刻衝往林間小路。果不其然，她逃走了。我死命追向她的背影，從背後一把抓住了她。這時那個聲音說：『殺了她！』所以我就用力掐住她的脖子。半晌，她不動了，我以為她死了便鬆開手，沒想到她還活著，有如毛蟲一般開始在地上爬，想要逃離我身邊。這時那個聲音呢喃道：『真是可憐。』於是我再度將手環上她的脖子，用盡吃奶的力氣幫她早點解脫。她的舌頭變得像鳥一般僵硬，待我回過神來，她已經全身癱軟，沒了氣息。」

檢察官：「你的意思是，你用雙手掐死了須美奈。」

被告：「沒錯，我掐死她後，手上還留有掐住小孩子纖細脖子的感覺，以及皮膚溫熱的觸感。」

檢察官：「殺死她是你的主意嗎？」

被告：「不是，是那個聲音叫我殺了她。」

檢察官：「又是惡魔叫你做的？」

被告：「沒錯。」

檢察官：「之後呢？你做了什麼？」

被告：「看著她的遺容，我突然很想去海邊。」

檢察官：「海邊？」

被告：「對。我突然有一種想法，我應該將他們倆投入海中，而非埋在土裡。我好想帶他們去海港，搭上開往遠洋的客船……你知道補陀落渡海這種修行嗎？」

檢察官：「補陀落渡海？」

被告：「補陀落是一片極樂淨土，補陀落渡海就是苦行僧搭船前往補陀落。僧侶搭上屋船後，會請人從船外將門封死，讓自己無法下船，然後在船上讀經直到沉船為止。簡單來說，就是一種赴死的捨身修行。」

檢察官：「你的意思是，你想要仿效補陀落渡海，將兩個孩子的屍體流放大海？」

被告：「我希望他們可以前往極樂淨土。」

檢察官：「那你為什麼沒去海邊？」

被告：「因為我辦不到。即便他們是小孩子，但終究是兩具屍體，要把兩具屍體搬出樹林並不簡單。後來我扛起須美奈的屍體回到空地，把兩姊弟埋進土裡。不過，埋好後我又把他們挖了出來，急急忙忙扒光他們的衣服。」

檢察官：「為什麼要脫掉他們的衣服？」

被告：「這樣就算有人發現屍體，也無法馬上確認身分。」

檢察官：「原來如此。然後呢？」

被告：「埋好屍體後，太陽已經下山了。我把鏟子放回倉庫，將兩個孩子的衣服收進背包，之後就離開樹林，到車站搭電車，打算逃到遠方。我就這樣搭啊搭啊，看到順眼的車站就下車，繼續前往下一站。」

檢察官：「你有錢搭電車？」

被告：「這點錢我還是有的。其實遊民身上都有不少錢，就我所知，有些遊民甚至偷偷藏了好幾百萬。」

檢察官：「既然你逃亡了，就代表你害怕罪行曝光是嗎？」
被告：「沒錯。說老實話，如果運氣好，這件案子可能就這樣石沉大海。就算屍體被發現了也沒差，反正我四海為家，警察應該抓不到我。」
檢察官：「那你為什麼要自首？」
被告：「在逃亡的途中，我深思了一番自己所犯下的罪過。如果真的沒人發現屍體、事情就這樣無疾而終，那我的犯行到底算什麼？沒有形體的神靈惡魔特地對我下了指示，要我殺死兩個孩子，這背後肯定大有深意。既然如此，我隱瞞自己的罪行就沒有意義了。我必須讓社會大眾知道這件事情，公布我的所作所為，造成世人恐慌，這才是最棒的復仇方式。也因為這個原因，我才決定自首。」
檢察官：「復仇？對誰復仇？」
被告：「沒有針對誰。硬要說的話，是對這個人類社會。」
檢察官：「你所謂的復仇，就是奪走兩條年幼的性命嗎？」
被告：「對。」
檢察官：「殺死年幼的孩子，你的良心難道不會受到譴責嗎？」
被告：「你們似乎很希望我幡然悔悟、痛改前非。很遺憾，我一點也不後悔。這對姊弟是萬中選一的孩子，他們兩個的死，具有引發社會恐慌的重大意義。所以，我的良心並未受到譴責，也毫無悔悟之心。」

檢察官：「那麼，對被害人父母你有什麼想法？」
被告：「沒有任何想法。」
檢察官：「不覺得愧對他們嗎？」
被告：「當然不覺得。」
檢察官：「你已達到復仇的目的了嗎？」
被告：「達到了，但還不夠。」
檢察官：「你有什麼話想對被害人說嗎？」
被告：「你們自由了，已經從悲慘的命運中解脫了。」

●檢方認為被告犯行卑劣，毫無酌情減刑之情由，請求對被告望月辰郎處以死刑。

●一審判決：「被告犯下殘忍罪行是不可動搖的事實，但鑑於被告無業又露宿街頭，屬於社會上的弱勢，故判處無期徒刑。」

●判決一出，檢方立刻以量刑不當為由提起上訴。

空地

從車站搭上公車二十分鐘後，我抵達目的地的站牌。

走下公車階梯，車門隨著警示鈴聲關起，之後公車便駛離站牌。眼前是一條綠樹成蔭的住宅區街道，路上除了剛才那臺公車沒有其他車輛。我從包包拿出地圖確認目的地位置。

這裡是位於櫪木縣某市的山區住宅區，陡峭的坡道上可看見整排外型相仿的房子。這一帶是昭和五十年代（一九七五至一九八五年）開發的新興住宅區。據說剛落成時，這裡曾是繁榮熱鬧的新市鎮，如今已不復當年盛況。房子的白色外壁都髒兮兮的，不但路上不見人影，車位也幾乎沒有停車，門口大多是落花枯樹。

爬上一段坡道後，我看見一塊夾在兩棟房子中間、約三十坪大的空地。上頭雜草叢生，草都高到看不到地面了。我對了一下地圖，沒錯，這裡就是我在找的地方。

這裡曾是望月辰郎的家，在成為遊民之前，望月和家人一起住在這裡。據說他的家庭分崩離析後不久，房子就拆掉了，這塊地也荒廢了好幾年。

望月為何誘拐兩個孩子並加以殺害呢？他為什麼會做出如此殘酷的行為？開庭時檢方問起他的犯案動機，他竟多次強調是惡魔要他做的，這種莫名其妙的答案我實在不能接受。一般歹徒作案都是為了贖金，可是望月將兩姊弟騙走後，卻完全沒有要跟他們父母聯絡的意思。當然，也有可能是私人恩怨，然而警方調查結果發現，受害家庭與望月素昧平生，完全找不到犯案的導火線。

即便如此，望月還是犯下了令人髮指的罪行。驗屍結果顯示，遺體上的傷痕形狀完全符合望月的供詞。望月就是兇手——這是不容動搖的事實。他不但持有兩名受害孩童的衣物，還知道埋屍的地點，最重要的是，他本人也承認自己殺了人。

然而，我卻覺得哪裡怪怪的。很明顯地，他是個罪大惡極的殺人魔，卻沒有令人心服口服的犯案動機。一審的判決文寫道，「望月犯罪是為了對這個社會復仇，報復社會對街頭露宿者的歧視」。望月自己也說過這個社會背叛了他，供詞中確實能感受到他對社會的憤怒與復仇之意。

望月對社會的仇恨究竟來自哪裡？若能找到他的憤怒來源，或許就能夠釐清惡魔進駐他心中的緣由。我之所以來到這裡，就是想要弄個明白。

我仔細觀察眼前這塊夾在兩棟房子中間的空地。空地不但雜草叢生，還有許多空罐和包著垃圾的超商塑膠袋。大概是因為乏人問津，空地周圍並沒有拉繩，也沒有「空地出售」又或是「禁止進入」的標示牌。

望月曾跟妻子與獨生女住在這裡。我靜靜看著空地，試著猜測他們在這裡過著什麼樣的生活，原本好好的家庭又為何會支離破碎。無奈手上資訊實在太少，根本無從想像。

空地的左右兩家都有住人，我決定向他們打聽望月的消息。按了門鈴後，右邊沒人在家；左邊來應門的主婦說，她不知道有姓望月的人住過這裡，她們家七年前才搬到這個住宅區，當時隔壁就已經是空地了。

我決定到附近繞一下，時間已接近傍晚，街上仍相當冷清。我向每一個遇到的住戶打聽望月的消息，但大家都說沒聽過這個人。一開始我懷疑，他們會不會是因為不想跟兇殺案扯上關係、不想惹禍上身，才假裝不認識望月，但看來是我想太多了。這附近的居民替換率很高，所以幾乎沒有老住戶。

我繼續往上走，來到一塊視野很好的觀景臺。角落有塊寬敞的綠地，看起來是給住戶歇息的廣場，上面有一座涼亭，涼亭旁有遊樂設施。正好我爬坡也爬累了，就到涼亭的長椅坐下休息。

此時已是日落時分，天氣好的話應該能看到夕陽。可惜這天天候不佳，天空只見一片灰濛濛的厚雲。

眼前是一片地方都市風景——

望月辰郎是否也欣賞過這片景色呢？我從包包裡拿出數位相機對準前方，昏暗的雲影令人有些毛骨悚然。

拍照時我心想，望月為何會妻離子散？在犯下命案前，他究竟過著什麼樣的人生？若能查出他的成長背景，或許就能釐清惡魔進駐他心中的原因，找出他憤怒的根源。

想著想著，我將鏡頭對準眼前灰濛濛的景色，按下了快門。

玻璃珠

山名德一（Yamana Tokuichi）今年七十八歲，住在福島縣與櫪木縣交接處的某個村落。

德一家裡做的是林業生意，以前他每天都開著小貨車上山工作，如今年紀大了，在山上工作已是力不從心，所以幾乎都交給大兒子處理。德一有個小他兩歲的妹妹，名叫喜惠子。喜惠子十九歲時嫁到農家，生下孩子後便因病身亡。她的孩子名叫辰郎，夫家姓望月。看到這裡相信大家都已了然於心——德一就是望月辰郎的舅父。

德一大概是辰郎在這世上唯一還活著的親人，也因為這個原因，命案剛曝光的那一陣子，經常有報社和電視臺打電話給德一。但其實，德一只見過兒時的辰郎，因為某些原因，他們後來就斷了聯繫，所以他完全不知道辰郎長大後的事情。

在德一的印象中，辰郎是個喜怒不形於色的孩子。即便跌倒受傷，也從沒看他掉過眼淚。該說他堅強嗎？還是善於忍耐？好像都不是。小時候的辰郎沒有半點孩子氣，總是面無表情，讓人摸不透他的想法，德一甚至從沒看過他笑。辰郎剛喪母時，德一怕他心裡難受，經常邀他來家裡和自己的孩子玩，但辰郎卻總是興致缺缺，每次玩沒多久，就一個人抱膝坐在角落。

在第二次世界大戰前，喜惠子的夫家曾是擁有大批土地的地主世家。戰爭結束後沒多久，喜惠子的丈夫，也就是辰郎的爸爸——嘉壽男便生意失敗，把望月家的土地都賠光了，家道也因此中落。辰郎才出生沒多久，喜惠子就被迫過上窮苦生活。不過，這附近的人家都很窮，尤其是戰爭剛結束時，家家戶戶都過著食不果腹的生活。

喜惠子的死也是家道中落所造成。喜惠子罹患肺疾後，望月家沒錢買營養的食物給她吃，也沒錢帶她去看病，還因為擔心傳染，把她一個人隔離在倉庫直到嚥下最後一口氣。當初談定要將喜惠子嫁到望月家時，德一還很慶幸妹妹找到一個好人家。他作夢也沒想到，喜惠子居然就這樣沒了，德一既憐惜妹妹，也氣望月家騙了自己。

喜惠子離世後，嘉壽男就賣掉了祖屋。他的父母已相繼死亡，所以沒人能對他說三道四。嘉壽男帶著辰郎搬到一間有如營房的河邊破屋，每天過著放蕩不羈的生活。他沒有固定工作，經常把四、五歲的辰郎留在家裡，好幾天都不回家。據說有次小辰郎好幾天沒東西吃，差點被活活餓死在家裡。

德一因為擔心辰郎，曾去過一次望月家的破屋。雖然辰郎不領情，但他終究是喜惠子的兒子，若有個三長兩短，德一實在無法跟天上的妹妹交代。走進破屋後，只見滿臉通紅的嘉壽男拿著酒杯，大白天就喝得醉醺醺的。德一見狀勸他：

「你也差不多該找份正當工作了，別一天到晚喝酒，這樣辰郎很可憐。」

嘉壽男一言不發地看向德一，他的眸子有如玻璃球一般，臉上早已失去了表情，令人摸不透他的心。就在這時，嘉壽男赫然做出意想不到的舉動——

「滾出去！」

隨著一聲怒吼，德一的額頭感到一陣劇痛。他下意識地按住額頭，只見雙手被溫熱的液體染得鮮紅——嘉壽男將手上的杯子扔向德一，把他的額頭砸破了。德一當下立刻逃出了破屋，因為他直覺自己若繼續待在那裡，嘉壽男可能會獸性大發殺了他。這是德一最後一次見到嘉壽男，還記得他剛娶喜惠子入門時是那樣的謙虛穩重，如今卻變得判若兩人，令人不勝唏噓。

後來德一聽說，嘉壽男經常對辰郎暴力相向。在那個年代，爸爸打小孩是稀鬆平常的事，但再怎麼教訓也有個限度。不管辰郎有沒有做錯事，嘉壽男只要心情不好就會對他拳打腳踢，甚至還會拿菸頭燙他、拿火柴燒他的頭髮或身體。這還不是最過分的，據說嘉壽男還會逼兒子吃屎喝尿。嘉壽男失去財富後，就連個性也變得禽獸不如。現在想想，辰郎或許就是因為長期遭到父親的虐待才變得面無表情，接踵而來的暴力對待早已奪去了他的人性。

辰郎七歲時，村裡傳出嘉壽男殺人的流言。

嘉壽男家附近的地瓜田內發現一具郵差屍體，腹部有被利器刺傷的痕跡，包包裡的幾封現金袋不翼而飛。因現場遺留下來的線索很少，搜查遲遲沒有進展，於是村裡開始流傳是嘉壽男因為沒錢花用才搶劫郵差。過不久，派出所接到民眾報案，說嘉壽男家中飄出異臭。警方到場發現，嘉壽男已掛在樑上上吊自殺，他已死亡數日，蛆蟲不斷從腐壞的屍體中湧出，變質的皮膚和身體的脂肪不斷滴落在地。警方發現屍體時，在房間角落找到抱膝而坐的辰郎。嘉壽男斷氣後，辰郎和吊死的父親屍體生活了好幾天。說不定就連父親上吊的那一刻，他都在旁邊看著。

警方搜索破屋後沒有找到遺書，倒是發現了之前遭搶的現金袋，因而斷定嘉壽男就是搶劫郵差的歹徒，認為他應該是在殺害郵差後不耐良心苛責而自殺。但因為嫌犯已經死亡，警方只能將案件函送地檢署。

父親死後，辰郎先是由某親戚家寄養，沒多久又被送到另一個親戚家。大家都嫌棄他是殺人兇手的孩子，急於擺脫這個燙手山芋。親戚踢了一陣皮球後，最後將辰郎送到縣內一家養護設施。德一曾考慮收養他，卻因為妻子強烈反對而作罷。這也是無可厚非，畢竟德一家兒女眾多，根本沒有餘力多養一個小孩。雖然對不起死去的妹妹，但德一已是泥菩薩過江自身難保。說老實話，德一也沒有信心養育像辰郎這種怪孩子。

在那之後過了將近四十年，德一接到辰郎誘拐殺害兩個孩童的消息。震驚歸震驚，同時卻有「果然不出我所料……」的感覺。他以前就覺得辰郎總有一天會犯下令人髮指的罪行，那傢伙身上果然流著他父親的鬼畜[2]之血，所以才能毫不在意地隨便殺人。現在想想，辰郎跟他父親根本是一個模子刻出來的，他的雙眼也有如玻璃球一般毫無感情。

一直到今天，只要天氣變冷，德一被嘉壽男砸傷的疤痕就會隱隱作痛。每當這個時候，德一就會想起那對父子，想起他們有如玻璃球的雙眸……

養護設施

佛寺的住持居所——

這天外頭下著冰冷的瀟瀟細雨，雨滴不斷打在庭院裡的石燈籠上。一個穿著制服的國中女生端了一杯白煙裊裊的日本茶給我，她的臉龐未脫稚氣，左眼下方有一顆可愛的黑痣。女孩對我畢恭畢敬地點個頭後，才抱著圓形托盤離開。我立刻拿起茶杯喝了一口，口中頓時充滿怡人的抹茶茶香，因雨受寒的身體也暖和了起來。

這間佛寺的位置是山名德一告訴我的。望月辰郎成為孤兒後，就是被親戚送到這間佛寺。九年前兇殺案發生時，這間佛寺拒絕了所有媒體的採訪。不過，這次我向他們提出採訪請求時，他們表示只要我不寫出佛寺和養護設施的名稱地點，即願意接受採訪。但其實，福島縣內的佛寺兼養護設施並不多，就算不公布名稱地點，只要有心還是能查到。無論如何，因我實在有太多事情想問了，所以還是應允了他們開出的條件。在此也為無法公開養護設施之名稱地點向各位讀者致歉，還請大家見諒。

等了一陣子後，一位頭上有青澀的剃髮痕跡、穿著作務衣[3]的男性走了過來。他是這間佛寺的住持，年齡大約介於四十歲到四十五歲，手上拿著一本簿子和牛皮紙信封。

「不好意思，百忙之中還來打擾您。」

「不會不會，我才要謝謝您親臨本寺，一路勞累了。」

這位住持身型纖瘦，戴著無框眼鏡，看起來成熟又穩重。

「您身兼佛寺住持和養護設施園長二職，應該很辛苦吧？」

「我從不覺得自己辛苦。我們家世世代代都在照顧無家可歸的孩子，這是佛祖授予我們的重責大任。」

日本最早的孤兒院是聖德太子所設立的悲田院。

悲田院以佛教的慈悲思想為出發點，救濟世間無依無靠的孩子和貧苦人家。有了悲田院的先例，日本各地的佛寺紛紛開始設立孤兒院。一九四七年，日本政府制定了《兒童福祉法》，並將孤兒院改名為「養護設施」；一九九七年修訂《兒童福祉法》後，又改名為「兒童養護設施」。

這間佛寺建於室町時代[4]，歷史悠久，住持世世代代都在照顧孤兒，現在設施裡共有十七名孤兒。其實嚴格來說，他們接收的絕大多數都不是「孤兒」。戰爭剛結束時，

2. 日語特有的說法，原指佛教六道中的「餓鬼」與「畜生」兩道，後引申為禽獸不如、殘忍虐待之意。
3. 禪宗僧侶做雜務時穿的工作服。
4. 日本的時代劃分，指紀元一三三六年到一五七三年，因幕府設在京都室町，故得此名。

他們收了很多被父母拋棄的「棄兒」；現在則多為父母因故無法照顧的孩子，以及必須與父母隔離的受虐兒。其中也有少數被父母拋棄、身分不明的棄兒，這些孩童是由設施為他們報戶口。

住持告訴我，這些孩子住在靠近佛堂的另一棟房子，也就是我在來的路上看到的兩層磚牆樓房。那裡有一座廣場，廣場上有遊樂設施，但因為今天下雨，大家都沒有出來玩，只見幾個小學生撐傘進屋。剛才端茶給我、左眼下方有痣的國中女生也是設施裡的一員，想必對她而言，那棟樓房就是她的「家」吧。

「我在電話中跟您提過，希望向您打聽望月辰郎這號人物……」

一聽到「望月辰郎」四個字，住持的表情瞬間沉了下來。為避免傷和氣，我非常注意遣詞用字。

「請問您這裡有留下任何他的紀錄嗎？」

「有的。」

住持拿起他帶來的簿子，打開書籤頁後轉向遞給我。這本簿子看得出來年代久遠，不但破破爛爛的，紙張也已經變色。

「這是當時的名冊。」

住持指的欄位上寫著「望月辰郎」四個字。

「望月辰郎確實住過我們這裡，但那已經是四十多年前的事了。那時我還沒出生，現在已經找不到人問當時的事情了。」

名冊上寫著「昭和三十二年（一九五七年）入住」，也就是辰郎的父親——嘉壽男自殺的那一年。望月辰郎於七歲入住養護設施，在這裡住了十二年後，於昭和四十四年（一九六九年）十九歲時搬出。我一邊瀏覽名冊，一邊向住持發問——

「您知道他犯案的事嗎？」

「當然知道。」

「九年前案件剛曝光時，應該有很多媒體記者向貴寺邀訪吧？」

「有，但我們全都拒絕了。當時前任住持人還健在……也就是家父。不受訪是他的意思。」

住持告訴我，他的父親於五年前去世後，他才繼任住持之位。

「當時很多媒體對我們冷嘲熱諷，說我們設施養出了一個社會敗類。我父親為此非常憤怒，這些報導也深深傷害了設施裡的孩子，我們必須守護這些孩子未來的人生，所以才作出這樣的決定。」

「那麼，為什麼您肯答應這次的邀訪呢？」

「如今已事過境遷，到了我這一代，幾乎沒有人在談論這件事了。所以我才決定受訪，以表祭奠亡者之意。」

「前任住持是幾歲離開人世的呢？」

「七十九歲。」

「前任住持還記得望月辰郎嗎？」

「當然記得。」

「您有聽他說過望月小時候的事嗎？」

「案發後我曾聽父親說，望月是個令人放心的孩子，他的個性穩重，勤學用功，還很照顧比他小的孩子。他從未跟其他人發生衝突，在學校也成績優異。喔對了，給你看樣東西。」

住持從牛皮紙信封中抽出一張褪色的黑白照片。

「這是當時拍的照片，這個就是望月辰郎。」

我從住持手中接過照片，上面有大約十個孩子，拍攝地點為佛寺的住持居所。當時應該是炎炎夏日，照片裡的所有人都津津有味地吃著西瓜，只有一個小男孩拿著西瓜卻繃著一張臉，那就是望月辰郎。

「這張照片是什麼時候拍的？」

「照片後面有記錄拍攝日期。」

我將照片翻過來一看，上面有幾個工整的原子筆字跡——「昭和三十五年（一九六〇年）七月」，也就是望月辰郎十歲的時候。我將照片翻回正面，端詳望月辰郎幼時的臉龐。其他孩子都眉開眼笑的，只有望月一個人面無笑容，顯得特別突兀。

「他在這裡待了十二年對吧？那搬出去後呢？」

「他後來進入大學就讀，聽說他高中上的是定時制課程，半工半讀存錢上大學。」

「原來如此。他搬出去後，還有跟你們聯絡嗎？像是寫信給你們，或是以學長的身分回娘家之類的……」

「這我就不清楚了。」

「前任住持有跟您提過那件命案嗎？」

「除了案發的那一陣子，前任住持從沒有特別提過望月。前任住持似乎不想講他的事，畢竟是我們這裡出去的孩子殺了人……他應該很失望吧。」

「這樣啊……」

住持提供給我的資訊就只有這些，但光是看到望月小時候的照片，就算是收穫甚豐了。

「望月辰郎是從我們這裡出去的孩子，聽到他奪走兩個無辜孩子的性命，我們都深感痛心。」

語畢，住持輕輕閉起雙眼，雙手合十地念道：「南無阿彌陀佛。」念了幾次後，他再度睜開眼睛。

「我由衷希望他能夠償罪贖咎，去世的兩個孩子能夠安心成佛。」

採訪結束後，我向住持道謝完便離開佛寺。不知不覺外頭已雨過天青，陽光普照。

兒童養護設施的方向傳來陣陣歡笑聲，只見幾個孩子在雨停了的廣場上追趕跑跳，好不快樂。

捽落

以下是我所蒐集的望月辰郎相關資訊。首先來看看他的上半生——

一九五〇年（昭和二十五年）　出生　望月嘉壽男之嫡子。
一九五四年（昭和二十九年）　四歲　母親喜惠子病逝。
一九五七年（昭和三十二年）　七歲　父親嘉壽男遭人懷疑犯下兇案後自殺，輾轉流連於親戚家，後進入福島縣內的養護設施。
一九六九年（昭和四十四年）　十九歲　寒窗苦讀考上國立大學，離開養護設施入住大學宿舍。
一九七三年（昭和四十八年）　二十三歲　大學畢業，進入櫪木縣一所私立學校擔任國文老師。
一九七四年（昭和四十九年）　二十四歲　與同事結婚，長女今日香（Kyoka）出生一九七八年（昭和五十三年）　二十八歲　於櫪木縣新興住宅區購入透天厝。
一九九一年（平成三年）　四十一歲　賣掉房子，辭去教職，開始露宿街頭。
一九九三年（平成五年）　四十三歲　誘拐小椋克司的女兒須美奈（當時六歲）和兒子亘並加以殺害。
一九九六年（平成八年）　四十六歲　於千葉地方法院被判無期徒刑。

根據望月辰郎的舅父——山名德一的說法，辰郎的童年崎嶇坎坷，母親去世、家道中落、一貧如洗，還遭到父親嘉壽男的殘暴虐待。嘉壽男遭人懷疑犯下殺人案，因而上吊自殺。父親死後，親戚都嫌棄辰郎是殺人犯的孩子，沒人願意長期收留他。他的童年經歷充滿了孕育殺人魔的條件與要素。

七歲到十九歲的十二年間，辰郎住在福島縣內的養護設施，之後他發憤苦學，考進地方的國立大學文學院，並於在學期間修滿教育學分，進入櫪木縣的一所私立高校擔任國文老師。後來他與女同事結婚，兩人育有一女。聽辰郎以前的同事說，他工作態度良好，也從未犯過什麼重大過失。

進入養護設施後，他的人生否極泰來，不但考進了國立大學、當上老師，還立業成家，年紀輕輕二十八歲就買了獨棟房子。聽說辰郎家庭和樂，過著跟幼時截然不同的快樂生活。當時任誰都想不到，他日後竟會犯下喪心病狂的罪行，殺害兩名孩童。

四十一歲那年，也就是案發的兩年前，辰郎與妻子離婚，賣掉房子，並辭去教職工作，開始過著流浪街頭的露宿生活。想必這一年肯定發生了什麼事，撼動了他原本一帆風順的人生，讓他的生活瞬間跌落谷底。

一九九一年，望月家究竟發生了什麼事呢？

兒時玩伴

亞子（Ako）不喜歡「兒時玩伴」這四個字，總覺得聽起來有些過時。而且她不知道自己跟今日香的關係能否用「兒時玩伴」來形容，因為她小時候可是恨透了望月今日香。

佐佐木亞子（二十八歲，假名）現在是靜岡縣某間醫院的護士，她的老家位於櫪木縣的住宅區，望月辰郎一家就住在他們家數過去的第三戶。亞子和今日香同年，讀的是同一所幼稚園，再加上家住得近，兩人每天都在住宅區坡道上的廣場一起玩。但是說實話，亞子每次跟今日香在一起都是如坐針氈。

今日香是個充滿正義感的女孩，她既不會對亞子惡作劇，也不會對亞子動手動腳，有時甚至還會幫忙趕走欺負亞子的男生。今日香人長得漂亮，功課又好，是個無可挑剔的完美女孩。

也因為這個原因，亞子經常被拿來跟今日香比較，就連亞子的父母也對今日香讚不絕口，經常叫亞子以她為榜樣。每每聽到這種話，亞子都感到無地自容。有時她真的很想大叫：「我不要再跟今日香玩了！」但她認為這樣很窩囊，所以一直沒有說出口。

今日香一家人有如從畫中走出來的模範家庭，她的爸媽經常帶今日香到坡道上的廣場玩。在亞子的印象中，爸爸從來沒陪自己玩過，媽媽因為工作的緣故，從小就經常留她一個人在家。也因為這個原因，亞子非常羨慕今日香。今日香的媽媽不僅是個身材窈窕的美人，還燒得一手好菜。亞子去他們家玩時，今日香的媽媽還親手做了布丁和蛋糕請她吃。今日香的爸爸身材高瘦，個性和藹可親，經常在廣場陪亞子一起玩。也因為這個原因，亞子聽到他犯下誘拐命案時簡直不敢置信，那樣親切的好爸爸，怎麼會誘拐孩童並加以殺害？

言歸正傳，亞子真的很討厭今日香。每每面對今日香的眼神，亞子都覺得自己要被看透了。在今日香面前，亞子總為自己的毫無價值感到沮喪。忘了是小學二年級還是三年級的時候，有天亞子騙爸媽自己肚子痛，裝病向學校請假。她並不討厭學校，但那天就是莫名其妙不想去上學。相信任誰小時候都有過這樣的經驗吧？

爸媽出門上班後，亞子一個人留在家裡看電視。當時亞子和今日香同班，到了下午，今日香送營養午餐的麵包和布丁過來給她，接下來發生的事，是亞子畢生的惡夢——

「亞子，妳怎麼在吃零食？」今日香看著桌上吃剩的零食袋，「妳不是肚子痛嗎？」

「對啊，但我已經好了。」亞子想隨口瞞混過去，卻瞞不過今日香的眼睛。

今日香用她特有的銳利眼光看著亞子，彷彿要把她看穿似的。

「亞子，妳在說謊對吧？」

「我才沒有，我真的是肚子痛！」

「別騙了！我看得出來！看妳的眼睛就知道妳在說謊！」

亞子被堵得啞口無言。今日香說得沒錯，她確實向爸媽說了謊，裝病跟學校請假。在今日香面前，她果然無所遁形。

「亞子，妳未免也太差勁了吧？虧我那麼擔心妳！」

今日香的語氣充滿了責怪，亞子聽了忍不住哭了起來。

「妳沒資格哭！老師同學都很擔心妳，一直說不知道妳還好嗎，結果妳居然是說謊裝病！」

亞子淚如雨下，今日香卻並未因此放過她。

「妳裝病騙了爸媽對吧？這樣不行喔！妳怎麼可以做這種事？妳應該要道歉！向班上同學、老師、爸媽，還有我道歉！」

今日香得理不饒人，不斷責罵哭成淚人兒的亞子。

「對不起！對不起啦！」

耐不住今日香的咄咄逼人，亞子一次又一次地道歉。她並非真心認錯，而是擔心若不這麼做，今日香就不會輕易放過她。當然，任誰來看做錯事的都是亞子，但仔細想想，這件事真的有那麼嚴重嗎？有必要這樣責罵不休嗎？在亞子幼小的心靈中，只覺得今日香的正義感很不尋常，甚至有一種她著魔的錯覺。

從那之後，亞子開始疏遠今日香。表面上是因為亞子的媽媽懷了第二胎，實際上是亞子出於本能地躲避今日香。得知跟今日香分到不同班時，亞子在心裡暗自竊喜。因今日香成績優異，國中畢業後便進入程度較好的私立高中就讀，兩人就此便鮮少講話，成了在家門口偶遇才會打招呼的點頭之交。

隨著兩人年紀漸長，兩人之間的交流也愈來愈少。這雖然是亞子所期望的結果，但不可否認的，即便她們不再交談，亞子心裡還是非常在意今日香。

高二那年，今日香死了。

那天亞子放學回家，從媽媽那接到今日香的死訊時，腦中只是一片空白。

「不知道到底是怎麼回事……姊姊，妳們倆以前感情很好對吧？」

「是啊，我們小時候常玩在一起。」

亞子不知如何是好，只好假裝漠不關心。然而，接下來媽媽說的話卻讓她瞠目結舌——

「沒想到她居然會從學校頂樓跳下來，真是嚇了我一跳。」

待亞子回過神來，才發現自己已經衝進房間。她的心中充滿了疑問，今日香是自殺？她為什麼要跳樓自殺？

幾天後，亞子到附近的葬儀會館參加今日香的告別式。她本來很猶豫要不要去，但在媽媽的勸說下，還是決定過去一趟。會場來了不少今日香的高中同學，他們看起來都人模人樣、聰明乖巧。

今日香為何會輕生？亞子並不知道。她既聰明又漂亮，個性嫉惡如仇，渾身充滿正義感，究竟是什麼事情將她這麼完美的女孩逼上絕路？

祭壇的中央放著用鮮花裝飾的遺照。這好像是亞子第一次端詳今日香長大後的面容，她的臉上依然留有小時候的影子，還有那雙彷彿能將人看透的雙眸……

亞子想起小時候的事。自己彷彿永遠矮今日香一截，只要與今日香一起，她就藏不住心中的脆弱與醜惡。所以亞子才想盡辦法地遠離今日香、逃離今日香，刻意不去想起她……

原來是這樣啊！亞子這才恍然大悟，她討厭的不是今日香……而是自己。頓悟的那一瞬間，心中激動的情緒蜂擁而上，亞子為自己犯了無法挽回的錯誤而懊悔，也為失去今日香而悲慟，眼淚止也止不住，有如洩洪一般不斷湧出。

亞子用手帕拭去淚水，走到捻香臺前，向今日香的父母默默鞠躬。亞子好久沒見到他們了，只見阿姨雙眼紅腫，低頭不語；叔叔彷彿時間停止了一般，用虛無的眼神盯著前方。

喪禮結束後不久，今日香的父母就把房子賣了，兩夫妻離了婚，一家人分崩離析。亞子不清楚阿姨的去向，得知叔叔成了流浪漢、因誘拐殺人而被捕時，亞子簡直不敢置信。電視上說的那個人，真的是今日香的爸爸嗎？在亞子的記憶中，望月辰郎是個愛家的好爸爸，常跟妻女一起在坡道上的觀景廣場玩。亞子曾經那麼嚮往的家庭，竟然以這樣的形態崩潰了。如今今日香家已被夷為平地，亞子每每經過那裡都不禁心想，為何今日香會走上絕路？她爸爸又為何要殺害兩個孩子？

上個月，亞子與愛情長跑多年的男友登記結婚，目前她已懷孕，預計明年就要升格人母。

宇都宮

時間已過晚上七點。

走出ＪＲ宇都宮站的票口，路上人來人往趕著回家。我走出車站，走進圓環公車道，這時受訪人傳來一封簡訊，告訴我他可能趕不上約好的時間。

櫪木縣宇都宮市是北關東最大的都市，我隨著人群走在燈火通明的大馬路上，直到走上國道後，人潮才開始減少。國道旁有一間全國性的連鎖餐廳，一樓是停車場，二樓才是用餐區。

我爬上二樓走進店裡，因正值用餐高峰時段，我還以為店裡會人滿為患，沒想到多的是空位。

離約定時間已過了半個小時，受訪人才姍姍來遲。雖然我之前只有跟他傳過簡訊，但我立刻就從氣息認出他就是今天的受訪人。身形修長的他穿著一身西裝，看起來相當清爽。光看外表，還以為他是運動型的陽光男孩，但仔細觀察行為舉止會發現，他是個溫文儒雅的書生。

「真的很抱歉，我跟客戶開會開太久了。」

才剛坐下，他立刻對我鞠躬道歉。我告訴他，他肯受訪我已經感激不盡了，何況他遲到前有先跟我聯絡，根本不用跟我道歉。看來他雖然年輕，卻很懂禮貌。

點完飲料後，我們交換了名片。他在櫪木縣的一家企業上班，今年二十七歲。因他不願曝光本名，在此以田所亮平（假名）稱呼他。

「我沒有被媒體採訪過，所以有點緊張。」

「別擔心。若問到您難以啟齒的問題，還請您多多見諒。」

「您是要問我高中時的事情吧？」

「是的，我在簡訊中有提到，想跟您打聽望月今日香這個人。」

聽到望月今日香這個名字，田所突然露出怪異的神情。

「您還記得望月今日香嗎？」

「當然記得，而且記得很清楚。」

田所亮平是望月辰郎的獨生女——今日香的高中同學。今日香讀的高中是櫪木縣內的升學名校，雖然校內佼佼者眾多，田所仍憑著優異的成績脫穎而出，考上東京知名的私立大學。大學畢業後，他回到櫪木縣工作，雖然名為「上班族」，但他上班的公司是代代承傳的家族企業，目前的總經理正是田所的父親。

我四處調查今日香自殺的詳情，卻因為找不到當時的相關人士，根本無從採訪。雖然取得了幾個聯絡方式，但都被對方以「不願提起當年往事」為由拒絕了，唯有田所一口答應了我的邀訪。

「得知望月去世的消息時，您的心情如何？」

「我不敢相信同班同學就這麼死了。雖然當時發生了很多事，但我們還在念高中，人生才正要開始不是嗎？沒想到她居然會走上絕路……」

一九九一年十一月二十日，望月今日香從學校頂樓跳下死亡，以下是當時的報導——

〈女高中生從學校頂樓跳樓身亡〉

二十日下午四點十五分，一名學生跨越櫪木縣××高中的屋頂圍欄，從十四公尺高的屋頂一躍而下，經送醫後不治死亡。目前已確認死者是就讀該校二年級的女學生（十七歲）。死亡女學生並未留下遺書，據悉生前精神狀況並不穩定，××分局正朝跳樓自殺的方向偵辦。

（一九九一年十一月二十一日　××日報）

今日香並未留下遺書，但因為她是在放學後跳樓，不少學生都親眼看到她爬過屋頂欄杆、一躍而下的過程，所以警方最後以自殺結案。

半晌，田所點的熱咖啡送來了。我等服務生離開後繼續提問——

「可以談談她在學校給人什麼感覺嗎？」

「她很文靜，留著一頭烏黑的長髮，功課也很好。」

「為什麼她會自殺呢？」

「嗯……因為……」

田所說到一半皺起眉頭，拿起冒著熱氣的咖啡杯啜飲一口。

「您知道什麼內情是嗎？剛才您也提到『當時發生了很多事』……」

「這些話實在不應該由我來說……」田所有些含糊其詞，吸了一口氣後對我問道：

「我想先跟您確認一件事，您這次向我邀訪，是為了報導望月今日香的父親犯下的誘拐兇殺案對吧？」

「是的。」

「採訪我對您有什麼幫助呢？」

「如今法庭已對望月辰郎作出判決，但仍未釐清他殺死小姊弟的動機。中間我做了很多調查，就是找不到他犯下殘忍罪行的真正原因。為了防止再度發生類似的憾事，我認為應該要查出真相，這也是為了死去的兩個小姊弟……」

「望月今日香的死，跟這件兇殺案有關嗎？」

「就是因為還不清楚，所以才在調查。」

田所不發一語，拿起桌上的咖啡，卻遲遲沒有送到嘴邊。他沉思一陣後，慢條斯理地開口。

「如果是為了被害人，我願意說出真相。」

「謝謝您。」

田所喝了一口咖啡後，將咖啡放回盤子上。

「您想知道望月為什麼會自殺對吧？」

「是的。」

「主要原因出在……霸凌。」

「霸凌？今日香被同學霸凌嗎？」

「不是的，正好相反。」

「相反？」

「雖然死者為大，這麼說或許多有冒犯，但簡單來說，當時望月將班上一名女同學視為眼中釘，不斷霸凌她。」
「不是被霸凌，是霸凌？」
「是的。雖然也有幾個女生加入霸凌行列，但她們是以望月為首。」
多麼令人驚訝的消息啊！望月今日香竟然是霸凌同學的主謀？為什麼她明明是霸凌的那一方，卻自我了斷生命呢？
「望月跟她霸凌的女生本來是形影不離的好友，但暑假結束後，我們發現她們兩個好像鬧翻了，望月變得超討厭她，事情也愈演愈烈。」
「為什麼會鬧翻呢？」
「詳情我不清楚耶。」
「具體而言，望月做了哪些霸凌行為呢？」
「這個我也不是很清楚，因為她們都在隱密的地方欺負她。聽說一開始只是一些小惡作劇，像是故意忽略她、把她的東西藏起來之類的，之後卻愈來愈過分，好像還會對她拳打腳踢，甚至以她會拉低學校水準為由，幾次逼她退學。」
「退學？」
「是啊。她們表面上裝得很要好，根本沒有老師知道這件事。我聽說望月霸凌人時也不敢置信，覺得像她這種個性乖巧穩重的優等生，怎麼可能會幹出這種事。然而事實證明，我們都被她給騙了，可見望月心機有多重。」

這跟兒時玩伴——佐佐木亞子口中的今日香差了十萬八千里。小時候的今日香嫉惡如仇，照理來說，正義感氾濫的她，應該不會做出這種帶頭霸凌同學、強迫同學退學的行為。然而，高中同學卻說她是霸凌同學的首領。仔細想想，今日香曾因為佐佐木亞子裝病翹課而不留情面地指責亞子，會不會是她在成長的過程中，原本就「氾濫」的正義感漸漸走火入魔，進而發展成霸凌行為呢？

「話說回來，今日香究竟為何要自殺呢？」

「因為望月不斷逼迫那名女同學退學，導致女學生最後受不了，把自己被霸凌的事告訴了爸媽。對方父母來學校理論，這才揭發了望月等人的惡行。校方把望月跟同夥叫來對質，望月全盤否認，但其他同夥馬上就招了，說望月是霸凌的主謀，是望月強迫她們霸凌同學。學校見事態嚴重，不斷勸望月悔改，她卻不願低頭認錯，有一天就突然……」

田所把到嘴邊的話吞了回去。

「從屋頂上跳樓自殺？」

「沒錯。」

田所呢喃道，臉上盡是沉痛，隨後拿起不再冒煙的咖啡喝了一口。

「為什麼望月今日香堅持要霸凌那個女同學呢？」

「我也不知道。雖然這麼說是在批評死者……但我認為，望月跟我們不太一樣……」

「不太一樣？」

「對……我覺得她缺乏……人類該有的感情和感受……老實說，聽到她父親因殺害孩童遭到逮捕時，我驚訝歸驚訝，卻有種不出所料的感覺。」

「不出所料？」

「果真不出我所料，她身上果然流著跟父親一樣殘暴的血液。望月長得很漂亮，個性卻令人難以捉摸。聽到她爸爸作案時我心想……這果然是血緣的問題。望月的爸爸犯下殘暴罪行，女兒也繼承了爸爸的血液，對同學百般折磨後跳樓自殺。雖然這麼說是在澆橋本先生您冷水，但我認為，無論是望月霸凌同學也好、她爸爸誘拐殺害孩童也好，他們做這些事情是沒有來由的。」

田所愈說愈激動，他強壓住心裡的波濤洶湧後再度開口。

「我無法原諒望月，她對朋友做出那麼過分的事，憑什麼自我了斷？聽說那名女同學在望月死後仍走不出陰霾，每天受盡心理折磨，真是可憐……」

田所垂下眼眸。空蕩蕩的餐廳裡，我倆之間瀰漫著一股沉重的沉默。

「抱歉，讓您想起不好的回憶。」

「不會，別這麼說。我才對您不好意思，在您面前大放厥詞。」

田所恭敬地低下頭。

「沒這回事，謝謝您提供我這麼多資訊，我可以問您最後一個問題嗎？」
「好啊，請問。」
「可以請您告訴我那名被霸凌的女同學叫什麼名字嗎？」
「喔，好啊。」
「她是不是姓『小椋』呢？小是小孩的小，椋是木部旁邊一個京。」
「小椋？不是耶……。」
「這樣啊……那請問，望月的霸凌同夥中有姓『小椋』的人嗎？」
「沒有耶，我們班沒有姓小椋的同學。」
「那班導師呢？姓小椋嗎？」
「也不是耶。」

鬼畜之森

公園裡傳來孩子們喧騰的歡笑聲。

循著聲音看過去，原來是放學的小學生在公園裡跑來跑去。時間已過下午三點，上次來這裡時還是上課時間，公園裡沒幾個小孩。今天我再度造訪柏市的這座公園，跟上次一樣，坐在單槓旁邊的長椅上。

如今已是六月，我採訪這宗案件已超過兩個月。

其間我不斷尋找望月辰郎的犯案動機，雖然查到了幾個真相，但最關鍵的部分仍是迷霧重重。於是我決定回到案發原點——回到這座公園，追尋望月犯案的足跡，看看會不會有新發現。

我環視眼前的公園——

幾個小朋友在踢足球，小女孩在玩沙堆，媽媽推孩子盪鞦韆，調皮的男孩正在遊樂設施上「攻頂」。九年前，望月辰郎經歷了家破人亡、四處流浪，來到了這個充滿陽光笑容的地方。他到底在想什麼？

望月一家之所以分崩離析，很可能是因為獨生女自殺的緣故。望月今日香的高中同學——田所亮平在受訪結束後，介紹了幾個同班同學給我採訪。他們的說詞如出一轍，看來今日香真的是霸凌班上同學的主謀。

我希望能聽聽受害女學生的說法，但我沒有她的聯絡方式。今日香去世後，她也離開了那所高中，如今音訊全無。

這群高中同學表示，受害女學生的父母曾打算向今日香的父母提出告訴，但校方為了維護校譽，用慰撫金勸退了受害女學生的父母，據說今日香的父母也賠償了一大筆錢。

女兒在學校霸凌同學的事情曝光後，望月辰郎一家走上了崩解之路。望月也辭去教職，對女兒的行為以示負責。今日香死後，他與妻子離婚，過上居無定所的遊民生活。獨生女的霸凌行為與自殺無疑為望月投下了一顆震撼彈，他的人生也因此出現了一百八十度大轉變。

女兒去世的兩年後，望月犯下誘拐兇殺案，殺害了小椋克司的一對兒女。追根究柢，這或許與他痛失獨生女有關。望月曾在開庭時做出這樣的供詞：

——須美奈長得跟我女兒小時候很像，若把她帶在身邊，我的人生或許就能重來——

（第二次公開審判・訊問被告）

望月將自己的女兒投射在誘拐來的女孩身上，認為只要找回女兒，就能夠重啟人生。無論如何，獨生女的死打亂了他的人生步調，對他造成了極大的影響。

今日香才十七歲，年紀輕輕就自尋短見。或許望月是無法接受女兒的早逝，才對將女兒逼上絕路的這個社會產生復仇之心。如果真是如此，望月未免也太任性也太自私了。今日香並非因為受害自殺，而是對同學做出惡質的霸凌行為後遭到定罪，才從頂樓一躍而下。一個父親若因為獨生女遭人霸凌而心生復仇之意，這我還能理解（但也不能因此以身試法），但今日香可是加害的一方，若望月是因此才走上復仇之路，那就只是單純的解氣洩恨罷了。

問題來了，如果不是因為痛失愛女，望月為何會犯下如此滔天大罪呢？這會不會是仇殺呢？為了尋求蛛絲馬跡，我詳查了望月和小椋的家庭關係，但雙方沒有任何交集，彼此只是素昧平生的陌生人。

這次採訪已釐清事項如下——

- 望月本出生於富裕家庭，後因父親經商失敗而家道中落。
- 生母於望月四歲時病逝。
- 小時候遭到父親殘忍虐待。
- 七歲時，父親遭懷疑搶劫殺人，因而上吊自殺。
- 被親戚互相丟包，戲謔他是「鬼畜之子」。
- 之後進入佛寺經營的養護設施。
- 獨生女今日香遭同學告發霸凌行為，跳樓自殺。
- 因女兒在校霸凌同學而辭去教職。
- 在案發之前，望月與被害家庭並無任何交集。

真是大起大落的人生啊。

望月的父親和女兒都是自殺身亡，目前尚不清楚這和案件是否有關。如今我們只能掌握零散的點和線，方向凌亂，毫無交集的趨勢。採訪期間我不只一次懷疑，追尋望月的犯罪動機會不會沒有任何意義？或許正如今日香的高中同學田所說，無論是今日香霸凌同學也好、辰郎誘拐殺害孩童也好，他們做這些事情是沒有來由的。一位犯罪心理學家告訴我，「淫樂殺人」本身是沒有理由的，他們的殺人動機本身就不具意義。但如果望月真是為了追求快感而殺害兩名孩童，那他究竟從中獲得了何種樂趣？對此我總感到不能釋懷。

離開公園後，我在住宅區裡繞了一下。時間已近下午五點，就六月的天氣而言，這天相當炎熱，走沒多久就滿身大汗。我走在住宅林立的道路上，不斷用手帕擦汗。太陽仍高掛天空，完全沒有要下山的跡象。走了約莫二十分鐘，我來到一座草木叢生的小山丘，彎進小巷子後，便抵達樹林的入口——沒錯，就是望月埋屍的樹林。

森林裡相當涼爽，我從包包裡拿出一張手繪地圖和指南針。這張地圖是我採訪警犬訓練師市島時請他幫我畫的。夏天即將到來，草木已是鬱鬱蔥蔥，走在空無一人的林道上時，身邊不斷傳來濃烈的植物氣味。

走到樹林深處後，我停下來確認地圖。地圖上畫著望月殺害亘的林間倉庫以及埋屍地點，市島告訴我，案發後那間倉庫已被拆除。

我照著地圖上所標示的距離和方位尋找埋屍地點。在這茫茫樹林深處，沒有任何地標可以對照，唯一可參考的就是小溪。然而，望月埋屍已是九年前的事情，森林的地形可能早已改變，我很擔心自己是否找得到目的地。

警方尋找遺體那天，森林裡因大雨發生土崩而寸步難行。這天雖然地面是乾的，但礙於草木叢生，還是不太好走。正當我心中七上八下，擔心自己是否走錯路時——

耳邊傳來一陣微弱的潺潺流水聲。那聲音彷彿在引導我一般，帶我一路撥開樹枝，在險峻的森林中前行。走了一陣後，眼前突然一片空曠，只見緩坡下方有一條涓涓小溪，小溪前方有一塊沒有任何樹木的空地。不會錯的，這裡就是望月的埋屍地點，看來我成功抵達目的地了。我順了一下呼吸，用手臂拂去臉上的汗水，走到了空地上。

那是一塊矮竹和雜草叢生的荒地，在樹林裡顯得相當突兀。我站在原地，環視這塊埋屍的空間。

不知不覺太陽已開始西下。昏暗的陽光照在這塊兩條小生命曾經沉睡的地方，令人不寒而慄。九年前，望月是抱著什麼想法站在這裡的呢？

最終，我還是沒有找出望月辰郎殺害小姊弟的原因。案發當時，被害人的父母——小椋克司和鞠子就不願接受任何採訪，這次我也透過律師向他們邀訪，同樣也被拒絕了。

我對「柏市小姊弟誘殺案」的採訪到此告一段落。目前望月辰郎的審判仍在進行中，相信在司法一定能打開望月心中的黑暗面，釐清他為何奪走兩條無辜的小生命，揭露惡魔的真面目。就讓我們帶著期望與信念停筆於此。

※文中人名恕不使用敬稱。

（二〇〇二年六月　橋本勳／採訪撰文）

〈吟罪〉

（文・草野陽子《季刊和歌》二〇一二年春季號）

不少重罪死刑犯都在獄中接觸短歌後成為歌人[5]，獄中歌人「島秋人」（本名為「中村覺」，享年三十三歲）就是廣為人知的例子。一九五九年，他在新潟縣犯下強盜殺人罪，之後被法院判處死刑。島寫的短歌深受好評，並於一九六三年獲得每日歌壇獎的肯定。

島入獄後，曾在一封寫給國中恩師的信中提到這麼一段兒時回憶。他小時候家貧體弱，經常被人瞧不起，從未受人稱讚鼓勵。然而，國中的一堂美勞課，這位老師卻看著他的畫作說道：「畫技很差，但構圖很棒。」

在島的記憶中，他只有被人稱讚過這麼一次，所以才特地寫信給那位老師表達謝意，並闡述想要再執畫筆之情。後來老師回信給島，送了一幅孩童畫作及三首短歌給他。島深受老師感動，因而一頭栽進短歌的世界，開始創作短歌。

處決前夜，島寫下了這麼一首短歌——

身已近塵土　移身別房靜等待　行刑時到來　有這麼一個片刻　憐惜生命的溫暖

島服刑後，他的作品被收錄成冊，取名為《遺愛集》。

一九六〇年於宮城監獄行刑的平尾靜夫（得年二十八）也是一名獄中歌人。他自小

5. 日本和歌或短歌的創作者。短歌為五句歌體，每句唸音分別為「五、七、五、七、七」字。

生母就不在身邊，後因殺害養母而被判處死刑。他在獄中讀了短歌雜誌後開始試著創作短歌，並將作品投稿到雜誌。面對即將來到的死刑，平尾的心中非常害怕，短歌也成了他與恐懼對抗的武器。

死囚行刑處　即吾生命終結地　長噓又短嘆　寧化作蠕蟲螻蟻　唯求延命活下去

平尾伏法後，他在獄中寫的兩百三十二首短歌被收錄成歌集，書名就叫做《寧化作蠕蟲螻蟻》。

像這樣的例子不勝枚舉，這些死囚的短歌作品大多都享有高度評價。問題來了，他們為什麼會愛上短歌，甚至自己創作短歌呢？

人在降生的那一刻便已決定結局，世人都逃不過一死。就這一點而言，我們都是被宣告死亡的囚人。當然不只人類，世間萬物皆是如此，無論是貓狗、豬牛、蛇蛙、草木，最終都得面臨死亡的命運。

與其他生物不同的是，人類很清楚自己總有一天會死亡，所以我們不斷在克服對死亡的恐懼，有人燒香拜佛，有人則是在藝術與文學中尋求救贖。

這或許也是獄中歌人誕生的原因。這些人被宣告了死刑，面對死亡，他們比任何人都有自知之明，也比任何人都想活下去，所以才會不斷追求生與死的意義與價值，直到生命的最後一刻。

上個月，我們編輯部收到了這樣一封信——

您好，冒昧寫信給您，若有打擾還請見諒。

我是貴刊的忠實讀者，目前正在調查一九九三年柏市的小姊弟誘殺案。過程中，爲了和該案被告望月辰郎本人接觸，我曾寫過好幾封信給他。一開始這些信都石沉大海，但我並未因此放棄，沒想到，還眞讓我等到他的親筆回信。

他寄來的信封中只有一張信紙，信上只寫了一首短歌。隨信附上了該信影本，還請你們務必過目。不知能否請你們將望月辰郎創作的短歌刊登在貴刊上呢（請不要公開小弟我的姓名）？雖說死刑犯寫短歌這件事本身並不稀奇，但我認爲這首歌頗具一讀的價值。編輯作業辛苦，謹祝編安。

編輯部讀完這封信後，立刻對望月辰郎這號人物進行了調查。此人於一九九三年誘殺了住在千葉縣柏市的一對小姊弟，死者是小椋克司的一對兒女，姊姊須美奈與弟弟亘。案發當時，兩姊弟原本在家附近的公園遊玩，遭望月誘拐到近處的樹林中殺害。望月也因為殺人及棄屍的罪嫌遭到警方逮捕。

一審法院判決望月無期徒刑，但檢方以量刑不當為由提起上訴。二審則推翻了一審的判決，將望月處以極刑。當時的判決書是這樣寫的——

> 被告以慘無人道的方式，奪走兩個手無縛雞之力的年幼生命，並將屍體棄埋土中，這樣的行為實在與惡魔無異。被告與被害人家庭素昧平生，並無加以殺害之理由，且犯後毫無悔意，一切罪狀泯滅人性。有鑒於死者家屬之悲痛情緒，應處以死刑。

望月於二〇〇四年遭判死刑定讞。並於七年後，也就是去年八月伏誅。一直到生命的最後一刻，他都沒有像被害人和家屬表達歉意。

上述讀者將望月在獄中寫的短歌影印後寄給了我們。望月的字相當工整，短歌的後方除了寫有望月的筆名「獸鍥」（けだもののなた，Kedamononata），還簽了「望月辰郎」四個字。雖然我們並未對比筆跡，但從獄方在信上蓋的藍色檢閱章來看，此信確實出自望月之手。

後來我們取得這位讀者的同意，請他讓我們刊登死刑犯望月辰郎所寫的短歌——

> 口吐鮮紅血　雌雄雙雙命終結　森林深淵處　勿滲純潔無垢白　死亡之色赤紅矣

此身化魔鬼　所經之路皆暗黑　直至今時日　支離散碎破鏡中　依舊映照地獄景

漂然浮溪面　無衣赤裸鮮花冠　稚子有何辜　啓程離世別生地　隨波逐流無影蹤

豎耳細聆聽　三途之川水潺潺　我聞猶憐愛　冥途綿絲純白淨　此世深受死色毒

姊姊臥地倒　奄奄一息仍呻吟　少女如蠟像　急火攻心舉手起　烏鴉劃過空中雲

夕陽漸西沉　天昏色暗薄暮冥　黑暗深淵處　若得奇形妖異花　願與詛咒草拌攪

獸鍥（望月辰郎）

看到這裡，你是否也覺得望月的短歌，和一般死囚所寫的很不一樣呢？一般獄中歌人的作品，多在哀嘆曾犯下的罪過、歌頌生命的可貴，又或是描述自己求生的執著。反觀望月的短歌，非但沒有半點悔過之意，還口出狂言，得意洋洋地寫出案發當時的情況。

從這些短歌可以看出，望月心中尚有怨恨未解。他究竟在執著什麼呢？接下來，讓我們一首一首為您分析。

口吐鮮紅血　雌雄雙雙命終結　森林深淵處　勿滲純潔無垢白　死亡之色赤紅矣

望月是在樹林中殺害一雙小姊弟。我們可合理推斷，這些句子就是在描述案發當時的慘狀。「雌雄」是指遭殺害的姊姊與弟弟，「勿滲純潔無垢白」的「白」應該是指衣服的顏色。由此可見，望月在行兇時，被害人的口中噴出鮮血，沾到了白色的衣服上。不過，這裡是指望月的衣服還是被害人的衣服，我們就不得而知了。

此身化魔鬼　所經之路皆暗黑　直至今時日　支離散碎破鏡中　依舊映照地獄景

這首歌應該是在描述望月於單人牢房等待行刑時的心境。「魔鬼」是指犯下兇案的自己，如今他仍身處黑暗之中，無論怎麼逃都逃不出去，眼前只有一片漆黑……破鏡中映照出的「地獄」是指他今後的去處。由此可看出，望月正與潛藏於心中的駭人惡意交戰，這首歌所描寫的，正是望月心底有如阿鼻地獄般的糾葛。

漂然浮溪面　無衣赤裸鮮花冠　稚子有何辜　啓程離世別生地　隨波逐流無影蹤

望月埋屍的旁邊正是一條小溪。「無衣赤裸鮮花冠」這句應該是在描述兩個遇害的孩子。望月將小姊弟殺害後，脫光了他們的衣服才將屍體埋入土中。在這首歌中，他將沒穿衣服的孩童屍體比喻成沒有花瓣的花冠。

整首歌的釋義為：「河面漂著沒有花瓣的花，有如離開人世的一雙小姊弟。他們並未犯下任何罪過，卻像花一般消失了。」

豎耳細聆聽　三途之川水潺潺　我聞猶憐愛　冥途綿絲純白淨　此世深受死色毒

這首與第二首一樣，都在描述望月身處牢獄的心情。

望月獨自在獄中靜待死亡的瞬間到來時，聽見了三途之川[6]的流水聲，那流水聲令望月心生憐愛。他認為，現實世界已受到死亡之色的荼毒，對面則是一片有如綿絲般的純白淨土。

姊姊臥地倒　奄奄一息仍呻吟　少女如蠟像　急火攻心舉手起　烏鴉劃過空中雲

6. 陰間與人世的分界。

望月殺死四歲大的弟弟後，親手掐死了六歲大的姊姊，這首歌所呈現的就是當時的狀況。姊姊被望月掐住脖子後，倒在地上不斷呻吟，雖已奄奄一息，卻用盡全力想要逃走。女孩的肌膚已失去血色，有如蒼白的蠟像一般。望月看到女孩還沒死非常生氣，舉起手來準備繼續掐死她時，一隻烏鴉從雲前飛過。

這些句子清楚地寫出小女孩死去的過程，我對望月所犯下的殘暴罪行感到忿忿不平，看了令人十分痛心。

夕陽漸西沉　天昏色暗薄暮冥　黑暗深淵處　若得奇形妖異花　願與詛咒草拌攪

我們可合理推斷，這首歌在描寫望月剛埋完屍的情形。「詛咒草」意為「詛咒之語」。這裡的「草」和日文中的「言草（言い草）」、「語草（語り草）」一樣，都是「種類」的意思，「言草」是指「說法」，「語草」是指「話題」。

這首歌的釋義為：「將屍體埋好後，才發現太陽已下山，樹林裡開始起薄霧。如果黑暗深處開有奇異之花，我一定要將它摘下，與充滿怒氣和恨意詛咒草（詛咒的話語）一同攪拌。」

望月的短歌都在描寫案發當時的狀況，在他的作品中，我們讀不到一絲悔意。島秋人回想起自己幼時唯一被稱讚的經驗，並深深為自己犯下的罪行所懺悔；平尾靜夫一心求生，寧可化作蠕蟲螻蟻也要活下去。這些獄中歌人面對步步逼近的死刑，紛紛流露出求生的欲望。然而，望月的短歌卻絲毫沒有這些元素。

當初收到望月親筆寫下的和歌時，我感到毛骨悚然。畢竟那是殺童案兇手吟詠自己犯案過程的作品。實際讀完後，心中只有深深的厭惡。

望月的作品不但寫出怵目驚心的犯案過程，字裡行間還充滿了憤怒與恨意，就這點而言，說這些短歌是「詛咒」也不為過。他大言不慚地強調自己是奉惡魔之命行事，然後鉅細靡遺地將殺童過程寫成短歌。雖然他在短歌中時而流露出對受害者的悼亡之情，時而感嘆生命無常，卻絲毫不見他對所作所為的懺悔之念。

望月到底在怨恨什麼？詛咒什麼？他的怒氣到底指向誰？是人類嗎？還是對他判處極刑的這個社會？如今望月已伏法，真相到底為何，我們已不得而知。

說老實話，當初我們編輯部並不贊同將望月辰郎的短歌公諸於世。但基於全案已定讞，望月也已遭到處決，我們考慮到這些短歌或許能成為研究罪犯心理的重要線索，所以才決定登出。

在此，我們要向被害人家屬表示深深的哀悼，並為死者祈禱冥福。

二〇一二年二月二十五日

〈鄰房的殺戮者——向島一家三口殺人案〉

（節錄自月刊《案件》二〇一五年六、七、八月號）

【第一集】

剛看到這條新聞時，我以為這只是稀鬆平常的殺人案。

這麼說或許很對不起被害方，但說實話，每天翻開報章雜誌，都可看見類似的事情發生。

然而，隨著真相逐漸浮上檯面，我對這宗案件也開始改觀。正常來說，隨著調查的進行，案件真相應該是愈見明朗。這個案子卻是完全相反，隨著採訪與偵辦愈來愈深入，事情愈是撲朔迷離。

這樁離奇懸案，就是「向島一家三口殺人案」。

向島一家到底發生了什麼事？我蒐集了警察的偵辦資料、各家媒體報導，綜合自己採訪追蹤的內容，終於釐清了整個案件的來龍去脈。

我參考了第一目擊者的證詞，將案發當天的狀況整理如下——

＊

杉野忠（Sugino Tadashi，五十六歲，假名）抬頭一看，天空已經泛白，耳邊也傳來陣陣鳥叫聲。如今四月已經過了一半，天亮的時間愈來愈早了。二〇一五年四月十七日凌晨四點多，杉野回到東京都墨田區這棟半新不舊的七樓高電梯住宅大樓。將通勤騎的摩托車停在停車場後，他打開鐵柵欄門，從大樓側門走進一樓的電梯廳。

杉野是東京都內一家計程車公司的司機，計程車司機一般是做一休一（一天做完兩天份的工作，隔天休息），幾乎都是三更半夜才下班。杉野是擁有二十年以上經驗的老司機，超過五十五歲後，他對這樣的工作形態已是愈發吃不消。只要是上班的日子，杉野就得從早晨開車到深夜，駕駛時間長達十八個小時。雖然中途穿插了幾次休息時間，但還是相當吃力，每每下班回到家都是精疲力盡。

杉野搭電梯到五樓，沿著大樓的外廊來到自家門前。他小心翼翼地開門，生怕吵醒妻小。洗完手後，他輕輕打開臥室門，老婆孩子睡得正香甜。杉野的妻子是名保險業務員，兩人育有一子一女，分別是小六的哥哥和小三的妹妹。杉野簡單沖完澡後換上睡衣，隨後到廚房冰箱拿了一罐啤酒，餐桌上放有妻子幫他準備的烤魚和菠菜等小菜，他將烤魚放入微波爐加熱，在玻璃杯中倒入啤酒，將起泡的啤酒一飲而盡。正當杉野享受酒精遊走疲憊身軀的幸福時刻時，一聲慘叫劃破了寂靜——

那是男人的聲音。一開始杉野還以為是路上的醉漢在亂叫，這裡偶爾會有年輕人或醉漢在外頭大聲喧鬧，所以杉野並未特別在意。然而，就在他準備將烤魚拿出微波爐時，又有聲音傳來。

「住手！住手！嗚……」

是同一個男人的聲音，聽起來似乎在跟人打鬥。杉野下意識地打開窗戶往路上看，外面已是艷陽高照，清晨的路上沒有半個人影。「到底是哪來的聲音？」——正當他感到一頭霧水時，慘叫聲再度傳來，以及家具倒下、碗盤破掉的聲音。慘叫聲斷斷續續一陣後，突然就停了。這時，杉野的妻子睡眼惺忪地打開房門。

「好大聲喔……」

「感覺出事了，我出去看一下。」

杉野不顧自己還穿著睡衣，就急著套上拖鞋打開大門，將頭探出走廊左顧右盼。炫目的晨光照得他皺起眉頭，走廊上空無一人，只見隔壁家的大門沒有關好，開了一條細縫。

「難道剛才的聲音是從他們家傳出來的？」杉野走到隔壁家門前。

說老實話，杉野並不清楚隔壁住了什麼人。雖然杉野已在這棟大樓住了將近十年，但礙於工作的關係，他幾乎都是清晨出門、凌晨回家，很少機會遇到鄰居。剛才的聲音實在不太尋常，感覺是被人強行闖入或遇襲了。如果真是這樣，杉野家也有可能受到牽連。

按下門鈴前，杉野突然有些猶豫，他心想：「會不會是我想太多了，隔壁只是夫妻吵架，根本輪不到我這個外人插手？但即便如此，清晨大家都還在睡覺，不該在這個時間大聲小聲吧？如果真的只是夫妻吵架，身為鄰居，我也應該要告誡他們一下。」於是，杉野還是毅然決然地按下了門鈴。

門內傳來了門鈴的聲音，卻沒有半點人聲。杉野接連按了兩、三次，卻還是無人來應門。

「您好，我是隔壁的杉野，你們還好嗎？」

杉野向門內喊道。他本來想叫對方的名字，但門外沒有放名牌。

「剛才是什麼聲音那麼大聲？」

裡面還是毫無回應，杉野逼不得已，只好從細縫往裡面瞧。從細縫只看得到門口，但很明顯的，裡面東西東倒西歪，不但傘架倒在地上，鞋子、靴子被人踢得到處都是，大門就是被一隻雨鞋卡住才沒關好。

杉野很想進去查看，但他不敢隨便闖入別人家。該打電話報警嗎？但現在還不確定裡頭到底發生了什麼事。他也想過打電話請大樓的管理委員會來處理，但現在時間還早，肯定是打不通的。怎麼辦？可不能就這樣放著不管。如果真的是遇襲或遇搶，杉野家也會有危險，再說，壞人可能還沒走掉，刻不容緩。於是，杉野決定進去一探究竟，視情況決定是否報警。

杉野回家拿了藏在衣櫃裡的防賊用木刀，見妻子一臉憂心，他再三叮囑她把家門鎖好不要出來。杉野是劍道高手，只要手持木刀，即便與壞人硬碰硬，他也有信心能打贏對方。

隔壁的大門跟剛才一樣半掩著，杉野探頭進門問道：「我是隔壁的杉野，你們還好嗎？」

裡面還是沒有回應。杉野一手拿著木刀，一手慢慢拉開門走進屋內，小心翼翼地不要踢到散落一地的鞋子和雨傘。

窗簾是拉著的，屋裡相當昏暗。這間的格局跟杉野家如出一轍，一進門就是飯廳和廚房，再往裡面走則是客廳和兩間臥房。杉野定睛往裡面一看，房內也跟門口一樣一片凌亂。飯廳椅子東倒西歪，地上散落著碎裂的碗盤和畫框。

「不好意思，我進來囉！」

說完，杉野開始往前進。屋裡一片昏暗，杉野如履薄冰，握著木刀的手不斷冒汗，他一方面得小心避開地上的玻璃碎片，一方面還要防範壞人突擊。屋裡亂的方式相當不尋常，就好像有人在此處打鬥過一樣。究竟發生了什麼事？

越往裡面走，異樣的臭味撲鼻，那是有混合了鐵鏽味和食物腐敗的臭味，讓人有不好的預感。走過飯廳，抵達更裡面的客廳。雖然客廳門開著，但因為掛著門簾，沒法看清裡面的情形。

杉野掀開門簾，發現客廳也亂成一團，沙發東倒西歪，四處可見抱枕和雜誌。這時他發現，有人倒在沙發的陰影處，露出穿著牛仔褲的雙腿。杉野繃緊神經走進客廳，戰戰兢兢地繞到沙發另一頭，這才看清倒地的人的背影——她留著一頭長髮，身穿灰色家居服，看來是個女人。

「妳沒事吧？」杉野從背後向她喚道，但對方毫無反應。

杉野走到女人身邊跪下，本想試著再度叫喚，卻在看到她的臉後嚇得說不出話來。那是個中年女性，她的狀況明顯有異，一臉蒼白，紅通通的雙眼半睜著，頭皮不斷流出涔涔鮮血。不僅如此，女人的嘴巴裡還塞滿了白色的東西，仔細一看，才發現是紙團。

杉野搖搖晃晃地起身，此時他非常後悔自己沒把手機帶來。他得盡快報警，喔不，應該先叫救護車，女人還不知道是生是死，若還有一口氣在，就得盡快急救。

正當杉野急急忙忙想要回家打電話時，他注意到房間的門是開著的。「不對，倒在客廳的是女的，剛才聽到的是男人的慘叫聲，房裡應該還有人……」一想到這裡，杉野再度握緊了木刀。

才走近房間，杉野就聞到一股暖呼呼的血味。他下意識地別過頭，吸了一口氣才往房裡看，眼前的悲慘景象令他瞠目結舌——

房間的窗邊放了一張小書桌，書和衣服散落滿地，掛著女學生制服的衣架也倒在桌上，房間角落的電腦是開著的。

床邊有一張單人床，一對男女倒在床上，男人看上去大約四、五十歲，女性看起來比男人年輕很多，是個綁著雙馬尾的十幾歲女孩。男人疊在女孩身上，胸口不斷流出鮮血，將下方女孩的睡衣和床單染得鮮紅。

這還不是最可怕的，看到他們的臉部時，杉野不禁毛骨悚然。這對男女與客廳的女人一樣，嘴裡被塞著白色紙團，仔細看會發現，紙團上印著細小的文字。

杉野驚慌失措地跑回房間報警。向島分局的搜查人員在五分鐘後趕到現場，當時時間為清晨五點二十一分。

救護車立刻將三人送至醫院急救。倒在客廳的女人已經斷氣，倒在臥室的男女還有呼吸。

警方調查發現，三名受害者是住在該屋的一家三口。死亡的女性是家庭主婦小椋鞠子，倒在臥室的男人是鞠子的先生小椋克司，被壓在克司身下、穿著睡衣的女孩是他們的獨生女A子。

A子今年國三，就讀東京都內的公立中學，父女雙雙倒臥的地方正是A子的房間。克司被送到醫院時還有氣，但仍於隔天不治死亡。失去意識前，克司告訴警方是一名身材高大的男人闖入他家行兇，警方立刻在附近拉起緊急搜捕網，調查歹徒的行蹤。

以下是案發當天的晚報報導——

〈向島住宅大樓一家三口死傷〉

十七日清晨五時許，墨田區向島出租大樓住戶發現了一具遺體。死者為該戶住戶小椋鞠子（五十四歲），頭部有被鈍器毆打的痕跡，鞠子的丈夫小椋克司（五十四歲）和獨生女A子（十五歲）也被不明人士襲擊，雙雙昏倒臥室。克司於送醫後不治死亡，A子則呈現昏迷狀態。發現異狀的是住在隔壁的一名男性計程車司機，該男聽到慘叫與打鬥聲後到隔壁查看狀況，並於發現三名死傷者後報警。克司死前曾向警方透露歹徒是不知名男子。目前向島分局已設立搜查總部以追查歹徒行蹤。

（二〇一五年四月十七日　××晚報）

解剖結果顯示，鞠子的後腦勺遭鈍器攻擊以致部分頭蓋骨凹陷，丈夫克司則是被人用尖銳的刀器刺穿胸膛導致出血過多死亡。陷入昏迷的A子頸部留有掐痕，推斷曾遭人用雙手掐住脖子。警方在行兇現場客廳找到歹徒用來殺害鞠子的玻璃花瓶，並於A子的房間找到用來刺殺克司的菜刀。據悉，該花瓶原本就是屋裡的裝飾，菜刀則是該戶廚房裡的烹飪用品。

歹徒闖入小椋家後，應該是攻擊完一家三口後就逃離現場。因案發時間為清晨，沒有任何住戶目擊到可疑人物。大樓的電梯和大廳等公用空間都裝有防盜攝影機，但並未照到疑似嫌犯的男子。因此，歹徒應該是特意走沒有攝影機的路線，也就是大樓的側門和外廊，藉此躲過鏡頭。為了調查歹徒，警方一一詢問了附近的住戶，但並未得到有力的目擊證詞。

歹徒到底為什麼要攻擊小椋一家？這種情況一般都是為了搶劫，但警方調查現場發現，歹徒並未拿取財物或提款卡。再者，如果歹徒真要搶劫，為什麼要在三名被害人的口中塞入紙團？這點實在令人匪夷所思。

根據第一發現人杉野的說法，被害人口中的紙團上印有細小的文字。那到底是什麼紙？這個行為又具有何種意義？

更令人不解的是，歹徒用完全不同的三種方式攻擊小椋一家三口，鞠子是受鈍器敲擊，克司是被菜刀刺傷，A子則是被毆打一頓後掐住脖子。

＊

以上是案發當時的資訊彙整。

正如我在開頭所強調的，一開始我對這宗「向島一家三口殺人案」絲毫不感興趣。當然，我是知道這個案件的，畢竟各大報和新聞都有報導。當時我只覺得這類案件司空見慣，並未勾起我想要採訪的欲望。

直到看到下面這篇案發四天後的報導，我的想法才出現一百八十度的大轉變——

〈向島一家三口殺人案　死亡夫妻為早年誘殺案之被害家屬〉

十九日晚間，向島警察分局召開了記者會。會上提到，二十二年前千葉縣柏市曾發生一樁小姊弟誘殺案，而本月十七日發生的「向島一家三口殺人案」之死亡夫妻——小椋克司（五十四歲）與妻子小椋鞠子（五十四歲）就是該案的受害家屬。一九九三年，小椋夫妻的一雙兒女——六歲的須美奈和四歲的亘遭附近的流浪漢誘拐並殺害。兇手望月辰郎於棄屍後到派出所自首，並於二〇一一年遭處決。搜查總部目前正積極追查二十二年前的誘殺案與本案是否有關。

（二〇一五年四月二十日　××時報）

沒想到向島一案的死者，竟是二十二年前幼童誘殺案的被害家屬……

這篇報導勾起了我對本案的興趣。我依稀記得一九九三年那樁柏市小姊弟誘殺案，在網路上搜尋後發現，當時受害小姊弟的父親確實就是「小椋克司」。接下來我先簡單介紹一下該誘殺案——

柏市・小姊弟誘殺案

一九九三年二月七日，千葉縣柏市發生了一樁小姊弟失蹤案件。失蹤的分別為小椋克司（當時三十二歲）的長女須美奈和長男亘。母親鞠子（當時三十二歲）表示，兩姊弟本來自己在家附近的公園玩，卻突然消失無蹤。案發隔天，一名叫作望月辰郎（當時四十三歲）的男子到派出所自首。望月是名流浪漢，經常在案發的公園閒晃。他供稱，自己平常都睡在樹林裡的一間倉庫，當天他把須美奈和亘從公園帶到倉庫後，先後殺死了弟弟和姊姊，並將兩人的屍體埋在樹林中。

一九九六年，千葉地方法院判處望月辰郎無期徒刑，但遭檢方以量刑不當為由提起上訴。二審法官認為望月「犯後毫無悔意，一切罪狀泯滅人性」，改判死刑。望月也於二〇一一年伏法。

一九九三年的小姊弟誘殺案和這次的一家三口殺人案……

小椋一家人上了兩次新聞，且兩次都是慘無人道的案件，夫婦倆於二十二年前失去了孩子，這次則是遭到不明人士襲擊而喪命，真是令人同情的偶然。他們在誘殺案後生下的女兒，好不容易養到了國三，如今卻陷入昏迷。這世界上真有這麼「倒楣」的事嗎？這未免也太殘酷了。

小椋一家為何會遭人襲擊？他們怎麼會連續兩次遇到這樣的慘事？兇手的目的究竟為何？這兩個案子真的毫無關聯嗎？還是其實兩個案件之間有不可告人的秘密？為何兇

手會用完全不同的方式攻擊小椋一家三口？——我心裡充滿了疑問，

為了解開這些謎團，我決定在本刊開設特別單元，從這期開始採訪這樁令人匪夷所思的案件。無奈頁數已盡，下集再繼續向各位報告這個充滿謎團的「向島一家三口殺人案」。

【第二集】

東京都墨田區向島——

這個城鎮處處可見工廠和商店，充滿了老街風情，卻也是案發大樓的坐落之處。

案發五天過後，我到這棟悲劇舞臺走了一趟。我在東武伊勢線的曳舟站下車，不時抬頭望向高聳而立的晴空塔（Tokyo Skytree），一邊往案發現場前進。我從大馬路轉進錯綜複雜的窄巷，沿路都是舊工廠和老房子。走出巷子再走一段馬路，就可看到案發大樓。那是一棟磚紅色的大樓，大樓前停了幾輛警車和車窗貼黑的報社採訪車，也有印著電視臺標誌的廂型車。

根據網路上刊載的物件資訊，這棟住宅大樓是於一九九〇年完工，屋齡為二十五年。實際上看起來卻更加老舊，外牆磁磚都髒兮兮的。房租方面，兩房一廳一廚房月租約十萬日圓，在東京算是相當便宜的房子。大樓共有七樓，總住戶約三十戶，五樓的外廊的正中央區域架著藍色塑膠棚，拉起警戒線之餘，還有數名警察。看來，那裡就是小椋家，也就是這次的案發現場。

為了不引人耳目，我走到馬路的對面觀看整棟大樓。當時沒有住戶出入，管理室也空無一人，外頭貼著「管理員不在」的單子。大樓的門口並未上鎖，任誰都可自由出入。

之後我穿越馬路走進防火巷，巷子外面接著隅田川的河堤道路，大樓的側門就位於面河堤處。我抬頭仰視大樓，不少住戶的陽臺上正曬著衣服。一樓有一座腳踏車和摩托車的停車場，停車場側方是一道鐵柵欄門，可直接通往一樓的電梯大廳。這道鐵柵欄門也是大樓的緊急出入口，大樓外側設有逃生樓梯。歹徒應該是從這裡入內，再從逃生樓梯上到小椋家所在的五樓。

問題是，歹徒從這裡上到五樓後，是怎麼闖入小椋家的？當時可是清晨五點，小椋家的門應該是上鎖的。

就這一點而言，歹徒說不定是小椋家的熟人，畢竟有些家庭無論熟人何時來訪都會開門。此外，歹徒在被害人口裡塞了白色紙團，若不是對受害者懷有極大的恨意，基本上不會做出這種偏激的行為。如果這真是一場仇殺，歹徒應該跟小椋家之間有所關聯。

究竟是誰如此怨恨小椋一家，恨到要把他們一家三口都送上西天？這號人物又跟二十二年前的誘殺案有什麼關聯呢？

那天開始，我訪問了幾組小椋家的相關人士，包括他的朋友、同事等，並得知以下幾個事實——

死者小椋克司是二手車行的員工，同事說他工作認真負責，從沒犯過什麼大錯。據說他的酒量不是太好，聚餐時不太喝酒，既沒聽說他有外遇，也沒聽說他與人有金錢債務糾紛。

妻子鞠子個性開朗，感覺不會與人結仇。她在一家超市打工，同事對她也並無怨言。和丈夫克司一樣，鞠子也沒有外遇或金錢等糾紛。

女兒A子尚未恢復意識，當初她被救護車送到東京都內某家醫院的急診室，如今也在該院接受醫師的全力治療。她目前就讀國三。正準備考高中，歹徒也可能是對她懷有恨意的人，之前就發生過不少跟蹤狂闖入年輕女生家、殺害女生家人的案例。我本想到A子的學校調查她的交友狀況，但被校方拒絕了，如今只能設法取得同學或朋友的聯絡方式，這勢必得花上一段時間。

我們現階段掌握的線索相當有限，如果這真是一場仇殺，目前也找不到可能與他們結仇的人。一位認識的記者告訴我，警方的偵查目前也陷入膠著。

如果歹徒並非熟人，跟小椋家毫無瓜葛，那歹徒就是在闖入大樓後，眾多住戶中隨機選中小椋家，攻擊其一家三口，然而，在對方的激烈反抗與大叫之下，歹徒只好什麼都沒拿就急忙逃走。又或者，這是一場隨機殺人，歹徒犯案沒有任何理由。這類歹徒每每被問到殺人動機，回答都是：「我只是想殺人而已，殺誰都無所謂。」

值得注意的是，二十年前殺害小姊弟的兇手——望月辰郎本是寄居公園的流浪漢，跟小椋家是素昧平生的陌生人。如果這是一場隨機殺人案，小椋家等於連續兩次被隨機殺人魔盯上，天下真有這麼「詭異」的巧合嗎？

就算歹徒與小椋並不認識，他又是如何在多達三十戶住戶中挑中小椋家？小椋家位於五樓的正中央，歹徒為何獨獨闖入這家？難道他們沒上鎖嗎？

這麼說來，也可能是因為他們沒上鎖。其他家都鎖著，只有小椋家的門沒鎖，所以歹徒才會闖入。但是，如果歹徒真的一戶一戶轉門把，應該很容易被發現吧。

另一個可能性是，歹徒是在犯案前闖入小椋家中。比方說，趁著他家門沒鎖闖入，躲在屋裡靜待時機犯案之類的。但是，如果歹徒真待在小椋家這麼久，小椋家為何沒有發現呢？

而且，如果歹徒不認識小椋一家，又為何要在三名被害人口中塞紙團呢？這個詭異行為代表了何種意義？還是只是隨手亂塞呢？

只能說，這真是一樁充滿謎團的奇案。二十二年前的誘殺案被害家屬捲入了這樁悲劇，一家三口被人用三種不同方式襲擊，歹徒還在他們口中塞了紙團……

開始追蹤本案後，我對小椋這對夫妻有些改觀。二十二年前，小椋夫妻被不認識的流浪漢奪走一雙兒女的性命，案發後，夫妻倆拒絕一切媒體的採訪，我們無法從報章雜誌上得知他們當時的想法與心情。不過，這次我設法訪問到了一位前女警，她當時就在搜查總部所在的分局服務。採訪內容如下——

前女警：「那個案子真的非常令人痛心，當時的情況我記得很清楚。那時就是我陪家屬去停屍房認領遺體的。」

——當時兩夫妻的反應是？

前女警：「兩人一路上不發一語，進到停屍房、看到兩具蓋著白布的小遺體，兩人都大吃一驚。我還記得當時先生還問我說：『遺體是兩具？』明明房裡就放著兩具遺體，他還這樣問我，大概是無法接受一次失去兩個孩子的事實吧。看到他們這樣，我心裡也很難受。」

——那他太太有什麼反應？

前女警：「掀開遺體的白布後，太太先是屏息看著兩個孩子的臉龐，喊了一聲孩子的名字：『亘！須美奈！』然後就哭倒在地，再也無法直視遺體。先生扶著她，強忍著眼淚，痛心疾首地對我說：『沒錯，是我們家的孩子。』」

——還有特別令您印象深刻的事嗎？

前女警：「嗯……我記得先生看到孩子的遺體時呢喃道：『為什麼沒有穿衣服……』當時正值寒冬時期，想必他是在心疼孩子被歹徒脫光衣服埋在土裡吧。」

——想必做爸爸的應該很心痛吧。他還說了什麼嗎？

前女警：「先生問我現場有沒有找到其他的物品，我想他應該是想留起來做個念想吧。搜查人員告訴先生，現場並未找到任何遺物。他接著又問搜索行動結束了嗎，畢竟當時下了大雨，現場有多處土崩情形，地基也相當不穩定，他應該是擔心警方的安危吧。對此搜查人員表示，嫌犯已經遭到拘留，現場也有二次崩塌的疑慮，已經全面終止搜索行動。先生這才安心下來，對搜索人員鞠躬道謝說：『辛苦你們了。』這對夫妻的遭遇真的很令人同情，那天先生一直強忍著眼淚，太太則對著遺體以淚洗面。看到他們這樣，我的心裡真的很難受，也很為他們抱不平。」

一夕之間與孩子天人永別……這是何等悲傷的事啊！

然而案發之後，他們卻連悲傷的時間都沒有，兩個人的生活完全變了調。不但要配合警方做筆錄，還被媒體追著跑。兇手被捕後，還得面對他們不想面對的真相。當時有報導寫道，很多民眾都對小椋夫妻非常不諒解，說誰叫他們要放孩子自己在公園玩，才會發生這等憾事，夫妻倆每天面對這些毫無憐憫之心的誹謗與中傷，心裡都非常痛苦。

大概是想擺脫喪子的陰影吧，兇手被捕後，小椋夫妻賣掉了房子，從千葉搬到東京向島，克司也辭掉了原本銀行員的工作，改到二手車行上班。案發七年後的二〇〇〇年，他們生下了A子。對嘗盡喪子之痛的夫妻倆而言，A子是他們期待已久的新生命。

二〇一一年，隨著兇手望月辰郎遭到處決，兩夫妻終於擺脫該案的糾纏。然而好景不常，望月伏法隔年（二〇一二年），一本和歌雜誌刊出了望月辰郎在獄中吟詠的短歌。這些短歌清楚記述了望月殺害姊弟倆的過程。小椋夫妻得知消息後，立刻向出版社要求將雜誌下架。即便死了，望月辰郎依舊折磨著小椋夫妻。

夫妻倆辛辛苦苦將A子撫養長大。克司為了家人努力工作，鞠子臉上總是掛著笑容，為了貼補家計到超市打工。他們並未忘記死去的須美奈和亘，據說每個月的七日，夫妻倆都會在兩個孩子的墓前供上鮮花。

案發後過了二十二年，A子已升上國三，正當時間看似就要沖淡一切時，等待他們的卻是殘酷的命運。喔不，「命運」二字已不足以形容這樣的狀況，應該說是「慘劇」。

向島一案究竟是熟人犯案還是隨機殺人？有報導寫道，案發至今已過了一個多月，搜查卻依然沒有進展。我們的採訪也並未找出案件的核心。

本案可說是霧裡看花愈看愈花，每個跡象都無助於解開真相。如今我只想釐清本案的來龍去脈，這也是為了經歷兩次慘劇的小椋夫妻。

究竟是仇殺還是隨機殺人？向島一家三口殺人案如今仍是謎團重重。然而，在採訪的過程中，我發現了一個驚人的事實。

六月某日，東京都某地——

本刊聯絡上一名熟知警方消息的人士，他成功取得一條跟向島案有關的重要情報。在此我們不便公布他的姓名，只能跟各位保證他有確切的消息來源，對警方資訊瞭若指掌，就暫且叫他「N」吧。

根據N的說法，向島一案警方偵辦陷入膠著，不但尚未掌握嫌犯的身分，甚至連歹徒怎麼逃出大樓的都不知道。唯一可提供線索的A子又還在昏迷，警方幾乎已是半放棄狀態。然而在採訪的最後，N突然說出一個重要關鍵，以下是我重現的採訪對話──

──現在情況如何呢？警方認為歹徒是熟人還是陌生人？偵辦是朝什麼方向前進呢？

N：「現階段因為缺乏證據，所以警方無法斷定。」

──向島案和誘殺案之間有關嗎？

N：「那已經是二十二年前的老案子了，兇手也已遭到處決。」

──你的意思是，兩件案子之間並無關聯？

N：「這還難說，現在警方針對這點還在調查。」

──歹徒分別以鈍器敲擊、刺殺、扼殺等三種不同方式攻擊三名被害人。這一點警方怎麼看？

N：「這一點也還在了解當中。」

──為什麼歹徒要在被害人嘴裡塞紙團呢？

N：「還不清楚。真搞不懂歹徒為什麼要把短歌雜誌的內頁塞在被害人嘴裡。」

——短歌雜誌？

N：「對啊，被害人嘴裡的紙團，是短歌雜誌的內頁。」

——該不會是刊登望月辰郎的短歌的那本雜誌吧？

N：「正是。」

聽到這裡，我不禁倒抽一口氣。N告訴我，被害人口中的紙團是曾刊登望月辰郎所寫短歌的和歌雜誌。以下是N後來提供給我的詳細相關資訊——

●三名被害人口中的紙團，是《季刊和歌》二〇一二年春季號中，介紹望月辰郎獄中作品的內頁。

●當初《季刊和歌》二〇一二年春季號出版後即被下架回收。

●這些內頁切口工整，研判是用美工刀之類的器具小心裁下。

●案發現場並未發現缺頁雜誌。

●雜誌內頁被揉成拳頭大小，每個被害人口裡各塞一頁。

●警方在雜誌內頁上檢驗出數枚指紋，但前科資料庫裡並無相符之人。

多麼驚人的消息啊！沒想到被害人口中的紙團，竟是介紹望月辰郎獄中作品的雜誌內頁。看來，歹徒襲擊小椋家並非偶然，向島一案果真和二十二年前發生的誘殺案有關。

得知這個消息後，我開始四處找尋當年出版的雜誌。望月辰郎在獄中到底寫了什麼短歌？被害人口中的紙團上，到底寫了什麼？

麻煩的是，該雜誌才出版就下架，應該非常難找。果真不出我所料，圖書館、網路上的二手書店都找不到這本書。鬧出下架風波後，《季刊和歌》遭到停刊，雜誌出版社也已倒閉，根本聯絡不到當時的相關人士。看來，只能把希望放在路邊的二手書店，一間一間去碰運氣了。

正當走投無路時，我在網路上找到一個「停售書收藏家」的部落格，他曾在文章中提到望月辰郎所寫的「鬼畜和歌」。與格主取得聯絡後，得知他手上有這本雜誌，我便跟他借來一看。

《季刊和歌》二〇一二年春季號——翻開雜誌，就看到那篇望月辰郎的報導。上面共刊登了六首望月創作的短歌，每首歌都有附上解說。

文章中寫到，雜誌編輯部收到一名讀者來信，該讀者表示自己曾與受刑中的望月通過信，並將望月親筆寫下的短歌影本寄給了他們。因影本上蓋有獄方的檢閱章，編輯部認定這些和歌確實出自望月之手，所以才批准刊登。

雖然這些和歌具有相當爭議，當時雜誌就是因為這些和歌才遭到下架，但這些和歌也是這次向島一家三口殺人案的重要證據。再三思量過後，本刊還是決定刊出這些和歌，還請各位讀者見諒。

口吐鮮紅血　雌雄雙雙命終結　森林深淵處　勿滲純潔無垢白　死亡之色赤紅矣

此身化魔鬼　所經之路皆暗黑　直至今時日　支離散碎破鏡中　依舊映照地獄景

漂然浮溪面　無衣赤裸鮮花冠　稚子有何辜　啓程離世別生地　隨波逐流無影蹤

豎耳細聆聽　三途之川水潺潺　我聞猶憐愛　冥途綿絲純白淨　此世深受死色毒

姊姊臥地倒　奄奄一息仍呻吟　少女如蠟像　急火攻心舉手起　烏鴉劃過空中雲

夕陽漸西沉　天昏色暗薄暮冥　黑暗深淵處　若得奇形妖異花　願與詛咒草拌攪

獸鍥（望月辰郎）

這些短歌充分表現出望月的作案過程和心境。第一首「口吐鮮紅血　雌雄雙雙命終結　森林深淵處　勿滲純潔無垢白　死亡之色赤紅矣」，就是在描寫望月殺害兩姊弟時的情形；第二首「此身化魔鬼　所經之路皆暗黑　直至今時日　支離散碎破鏡中　依舊映照地獄景」描述的是望月在單人牢房中等待行刑的心情；第三首「漂然浮溪面　無衣赤裸鮮花冠　稚子有何辜　啟程離世別生地　隨波逐流無影蹤」中，望月將沒穿衣服的兩個孩子比喻成沒有花瓣的鮮花；第六首「夕陽漸西沉　天昏色暗薄暮冥　黑暗深淵處　若得奇形妖異花　願與詛咒草拌攪」則在陳述望月埋屍後的心境。

這些短歌讀起來令人很不舒服，一想到這個作者曾奪走兩個幼小的生命，更令人鬱悶不快。正如文章裡所說，「實際讀完後，心中只有深深的厭惡」。獄中歌人多在作品中懺悔自己的罪過、感嘆生命的可貴。反觀望月的作品，不斷毫無悔改之意，還刻意寫出殺害孩童的殘忍過程，藉此對社會表示恨意與復仇之心。這些作品真的是「鬼畜和歌」，難怪小椋夫妻會要求出版社將雜誌下架。這些和歌是於望月遭處決的七個月後公諸於世，可想而知，當時夫妻倆應該很想擺脫誘殺案的陰影，卻仍然逃不過案件的糾纏。

向島案的歹徒為何要在被害人的口中塞入這些雜誌內頁呢？這麼做有什麼意義？我拿起雜誌重新閱讀短歌，發現了一件事——

姊姊臥地倒　奄奄一息仍呻吟　少女如蠟像　急火攻心舉手起　烏鴉劃過空中雲

這是第五首短歌。根據《季刊和歌》的釋義，望月是在描寫當初殺害小椋須美奈的情形。望月當時誘拐了年僅六歲的須美奈，先將她掐至奄奄一息後，又殘酷無情地掐住小女孩纖細的頸部，奪走了她的生命。值得注意的是，向島一案的受害人A子脖子上也留有強力的掐痕，她和須美奈一樣，都曾被兇手掐住脖子。

兩個案子還有另一個奇妙的共通點。法庭紀錄寫道，望月辰郎將年僅四歲的亘帶到樹林中，將他痛毆致死，而向島一案的A子臉上也有多次被毆打的痕跡。

這些共通點令我感到毛骨悚然。

兩個案子的歹徒竟用同樣的方式攻擊被害人……

這真的是偶然嗎？還是歹徒刻意所為呢？如果真是歹徒故意為之，他的目的又是什麼？

無論如何，歹徒確實在三名被害人的口中塞入望月辰郎所寫的短歌。望月殺死兩名幼童後被判處死刑，這些「鬼畜和歌」充滿了他的恨意與怨念……

被害人口中的詛咒之歌……

與二十二年前相同的攻擊方式……

出版禁止

就這兩點來看，向島案和誘殺案之間極有可能存在不可告人的關聯。向島案的歹徒，肯定對小椋一家抱有強烈的恨意。然而根據我的調查，被害人並沒有這樣的可疑人物……

不對……有。有一個人跟小椋一家有著深仇大恨，他從二十二年前就對他們一家人恨之入骨。為了復仇，他才會闖入小椋的家中，將自己寫的短歌塞入他們的口中。這個人具有充分殘殺小椋一家的動機，他的名字就是——

不，望月辰郎已經不在人世，他已經被處以死刑了。

如今我的腦中一片混亂。隨著新事證的出現，真相卻愈來愈模糊。攻擊小椋一家的歹徒究竟是誰？讓我們繼續看下去。

【第三集】

「超自然現象」主要是指鬼魂、超能力、魔法等科學無法證實的神秘事物。

日本人本就重視「精神」，精神主義已於我們的深層意識中根深蒂固，即便身處科學發達的現代社會，仍有人對超自然現象深信不疑。如今人類不但已踏足宇宙，還能分析基因組合，然而，在科學發展日新月異的同時，人們依舊在翻農民曆「看日子」，迷惘煩惱時也會去找算命師。各界對於「信奉超自然」評論不一，能夠確定的是，如果一個社會過度信奉超自然以致失衡，將導致社會陷入嚴重危機。奧姆真理教就是最典型的例子，信徒就是因為深信超自然思想，才會引發震撼全日本的恐怖事件[7]。

就某個層面而言，向島一家三口殺人案也具有超自然現象的元素。

歹徒在三名受害者的口中，塞入二十二年前兒童誘殺案兇手所寫的「鬼畜和歌」。小椋一家並未與誰結仇，唯一對他們家恨之入骨的，只有誘殺案的兇手望月辰郎。但奇妙的是，望月早於四年前正法，如今已不在人世。

於是，有媒體開始以「死刑犯的詛咒」為題報導向島一案。下面這個週刊的報導就是其中之一——

〈「口吐鮮紅血」、「此身化魔鬼」、「深受死色毒」——詛咒和歌・向島一家三口殺人案驚爆詭異內幕〉

二十二年前遭人殘殺的小姊弟，在家中遇襲的一家三口，以及……塞在口中的死囚詛咒和歌——

你以為這是什麼恐怖片的宣傳嗎？不，這是發生在現實之中的真實案件。

二〇一五年四月十七日，東京向島發生了一樁一家三口殺人案，如今卻爆出驚人內幕。據悉，該案死亡的夫妻小椋克司與小椋鞠子，正是一九九三年柏市小姊弟誘殺案的被害家屬。在向島一案中，歹徒在小椋夫妻與獨生女A子的口中塞入紙團，如今A子仍昏迷不醒。警方調查發現，三人口中的紙團是一本和歌雜誌的內頁，上面介紹的竟是二十二年前誘殺案兇手——望月辰郎在獄中寫的短歌。

如今向島案歹徒依然逍遙法外，警方不僅未能掌握嫌犯身分，甚至不知從何辦起。然而，相關人士之間卻傳出「向島一案其實是望月辰郎的詛咒」的說法，說得煞有其事。看到這裡或許你覺得奇怪：「望月辰郎可是二十二年前的誘殺案兇手耶，他不是早就被處決了嗎？怎麼可能到向島犯案！」然而，許多都指向望月就是兇手。

比方說，被害人A子的臉部遭人多次痛毆，頸部也留有掐痕，與二十二年前望月作案的方式雷同。此外，被害人口中塞的紙團，正是望月所寫的「鬼畜和歌」，上面清楚記述了望月殺害一雙小姊弟（六歲的姊姊和四歲的弟弟）的過程。以下就是望月在獄中創作的六首短歌——

口吐鮮紅血　雌雄雙雙命終結　森林深淵處　勿滲純潔無垢白　死亡之色赤紅矣

此身化魔鬼　所經之路皆暗黑　直至今時日　支離散碎破鏡中　依舊映照地獄景

7. 這裡應是指一九九五年奧姆真理教所策劃的「地下鐵沙林事件」。

漂然浮溪面　無衣赤裸鮮花冠　稚子有何辜　啟程離世別生地　隨波逐流無影蹤

豎耳細聆聽　三途之川水潺潺　我聞猶憐愛　冥途綿絲純白淨　此世深受死色毒

姊姊臥地倒　奄奄一息仍呻吟　少女如蠟像　急火攻心舉手起　烏鴉劃過空中雲

夕陽漸西沉　天昏色暗薄暮冥　黑暗深淵處　若得奇形妖異花　願與詛咒草拌攪

上述短歌的字裡行間中，充滿了死刑犯望月辰郎的恐怖怨念。比方說，「口吐鮮紅血　雌雄雙雙命終結　森林深淵處　勿滲純潔無垢白　死亡之色赤紅矣」是在描寫無辜姊弟遇害時的慘景；「此身化魔鬼　所經之路皆暗黑　直至今時日　支離散碎破鏡中依舊映照地獄景」則可看出望月正與潛藏於心中的駭人惡意交戰，這首歌恰恰呈現出望月心底有如阿鼻地獄般的糾葛。「豎耳細聆聽　三途之川水潺潺　我聞猶憐愛　冥途綿絲純白淨　此世深受死色毒」中，望月描寫他在單人牢房中聆聽三途之川的水流聲，並吟詠自己對死亡的憧憬。「姊姊臥地倒　奄奄一息仍呻吟　少女如蠟像　急火攻心舉手起　烏鴉劃過空中雲」則清楚寫出望月扼殺六歲小女孩的過程。

死囚望月辰郎有如鬼畜一般，對小椋一家恨之入骨，甚至不惜將深深的怨念寫入和歌之中。而被害人口中的紙團，上面正是望月所寫的和歌。看來，本案的幕後推手就是望月的「遺志」。

一位搜查相關人員透露：「目前案情陷入膠著。三名被害人並未與人結仇，唯一與他們有深仇大恨的，就是被宣判死刑的望月辰郎，但他已經不在這個世上了。我們警界都在流傳，說不定望月其實還活著，當初上刑場的其實是替身……」

難道是望月從地獄甦醒，將詛咒和歌塞入被害人的口中嗎？向島一家三口殺人案充滿了謎團，唯一的生還者A子如今還在生死之間徘徊。希望警方能夠早日破案逮捕兇手，除了給社會大眾一個交代，也要為死去的小椋夫妻討回公道。

（節錄自《週刊真相》二〇一五年七月十七日號）

自從紙團的消息曝光後，事情開始往「超自然」的方向發展，各家週刊和八卦雜誌紛紛以誇大聳動的標題報導這個「超自然事件」，畢竟「鬼畜和歌」、「二十二年前發生的誘殺案」、「死刑犯的復仇」……這些都是很好發揮的「超自然」題材。英文的「超自然（occult）」一字源於拉丁語中的「occulta（隱藏的事物）」，而「超自然」就是「無法釐清的」、「不得而知的」事物總稱。

就這層意義而言，稱本案為「超自然事件」並無語病，向島一案背後肯定有「隱藏的事物」。當然，我並不贊同上述週刊「望月從地獄甦醒」、「當初上刑場的其實是替身」等說法。現在唯一確定的是，向島案和一九九三年發生的小姊弟誘殺案肯定有關聯。

本案究竟有何隱情？我們可以合理推斷，這名歹徒可能繼承了望月辰郎的遺志。望月對小椋夫妻恨之入骨，不惜留下「鬼畜和歌」來詛咒他們。會不會是有人繼承了望月的怨念，又或是在望月在世時接受了他的委託，幫他復仇殺人呢？

這號人物到底是誰？我認為很有可能是望月的血親、熟人、其他相關人士，又或是望月的狂熱信徒。

不少人都很崇拜窮兇惡極的死刑犯，甚至將他們奉為圭臬。一九七〇年代的美國連續殺人魔——泰德邦迪（Ted Bundy）共殺害了超過三十名年輕女性，他被捕入獄後，竟收到幾百封的「粉絲來信」。像這種奉殺人魔為教主偶像而加以尊崇的人，我們稱作「罪犯崇拜者」（Prison Groupy）。同樣情形也發生在日本，二〇〇七年，一名叫做市橋達也的人因殺害外國女性被法庭判處無期徒刑，他就擁有大批崇拜者，這些粉絲被稱作「市橋少女」，甚至還組成了粉絲俱樂部。死刑犯「獄中結婚」的例子更是不勝枚舉。

難道望月辰郎這號死刑犯也有崇拜者？會不會是有人非常崇拜望月，深受其思想感化，因而繼承了望月的巨大恨意，才對小椋一家進行復仇呢？

不過，這個推論其實有個疑問——望月辰郎真的這麼憎恨小椋一家嗎？在誘殺案發生前，望月和小椋家毫無交集，既然如此，望月為何恨透了他們呢？望月可是殺害小椋一雙子女的加害者，如果是小椋對望月懷有深仇大恨還能理解，但望月明明是加害的一方，怎麼會這麼憎恨被害人家屬，甚至把恨意寄情短歌之中呢？

看來，我們有必要更深入地調查望月辰郎這號人物，或許能從中發現「隱藏的事物」，揭開向島一案的真相。

誘殺案發生九年後，一名新聞工作者詳細整理出望月的生平大事，其摘錄如下——

根據望月辰郎的舅父——山名德一的說法，辰郎的童年崎嶇坎坷，母親去世、家道中落、一貧如洗，還遭到父親嘉壽男的殘暴虐待。嘉壽男遭人懷疑犯下殺人案，因而上吊自殺。父親死後，親戚都嫌棄辰郎是殺人犯的孩子，沒人願意長期收留他。他的童年經歷充滿了孕育殺人魔的條件與要素。

（〈鬼畜之森——柏市・小姊弟誘殺案——〉文・橋本勳　二〇〇二年《流路》）

望月辰郎的母親在他四歲時因肺結核去世，父親也在他七歲時因為遭人懷疑殺人而自殺。之後望月被送進養護設施，寒窗苦讀考上國立大學。畢業後他當上一所高中的國文老師，並與女同事結婚生下一女。該文章寫到，望月的獨生女名叫今日香，她於高二時因為帶頭霸凌同學，事情曝光後不堪眾人責怪而跳樓自殺，望月的人生也隨著女兒的死而跌落谷底。

女兒在學校霸凌同學的事情曝光後，望月辰郎一家走上了崩解之路。望月也辭去教職，對女兒的行為以示負責。今日香死後，他與妻子離婚，過上居無定所的遊民生活。獨生女的霸凌行為與自殺無疑為望月投下了一顆震撼彈，他的人生也因此出現了一百八十度大轉變。

（引用處同前）

望月自幼父母雙亡，又在四十一歲那年失去了唯一的女兒今日香，如今他在世界上唯一的親人就只剩前妻了，他的前妻會不會握有什麼內幕呢？

於是，我開始打聽望月前妻的消息，但報導和資料上都未寫出她的名字，甚至連年齡都沒有公布。望月早在二十四年前就與妻子離異，因年代久遠，根本不知從何找起。為此我特地前往櫪木，到望月以前住的地方打聽消息。街坊鄰居也問了、公所也去了，結果還是沒有取得有力的資訊。之後我親自去了望月以前服務的高中，以及他女兒今日香的母校，校方一聽說我是媒體人士，便斬釘截鐵地拒絕了我的採訪。因此，至今我仍無法取得望月前妻的聯絡方式。

在此要拜託各位讀者，如果您有望月辰郎前妻的任何消息，請務必跟我們編輯部聯絡。當然，我們也竭誠歡迎本人跟我們聯絡。我們會竭盡一切所能保護您的隱私，保證絕對不會透露您的身分。

我們詳細調查了望月辰郎的家人與經歷，還是找不到他與小椋一家的交集之處。如果望月和小椋家互不相識，他為何要誘殺他們家的孩子呢？如今望月已被處決，他的恨意卻依舊綿綿不絕。小椋家的獨生女A子被人用跟二十二年前同樣的方式攻擊，這絕非偶然。究竟是誰繼承了鬼畜死囚「望月辰郎」那扭曲至極的復仇之心呢？

望月怨念的繼承者——

自追蹤此案至今，我對一號人物感到非常好奇，那就是將望月的短歌寄給《季刊和歌》編輯部的人。該篇報導並未提及投書人的真實姓名，只知道他在給編輯部的信中寫到，他對望月所犯下的案件極感興趣，曾多次寫信給望月。這名投書人到底是誰？又是基於何種目的將望月的和歌寄給雜誌？這次發生在向島的殺人案，會不會也跟他有關呢？

當時的出版社或作者或許握有該投書人的聯絡方式。因出版社已經倒閉，我透過出版界的朋友，聯絡到寫這篇報導的「草野陽子」。

我打電話向草野小姐邀訪時，大概是不想談當年的下架風波吧，起初她的反應並不積極，也不太願意談這次向島一案中的紙團。這也是無可厚非，畢竟歹徒塞在被害人口中的，是她當年所寫的文章。然而，這並不影響我的決心。我對她說，希望她能接受我的邀訪，提供投書人的資訊，幫助警方破案。在我的再三懇求下，她終於答應與我一見。

兩天後，我與草野小姐在東京的一家咖啡廳見面。她的年紀約落在三十五歲到四十歲之間，感覺相當親切健談，態度跟電話中判若兩人。她告訴我，自己的古典文學造詣很高，曾幾次投稿《季刊和歌》，「草野陽子」其實是她工作上用的筆名。

「老實說，聽到被害人口中的紙團是我寫的文章時，我只感到毛骨悚然。兇手做這種事到底出於什麼心態？而且那篇文章曾鬧出下架風波，我很害怕兇手會來攻擊我，晚上都緊張得睡不著。」

「草野小姐當初為什麼會寫那篇文章呢？」

「我從以前就對島秋人這種死刑犯創作的和歌非常感興趣。那時我正跟《季刊和歌》的編輯部提議要一篇獄中歌人的文章，然後編輯部就正好收到那封投書。」

「在那之前，您知道望月辰郎這號人物嗎？」

「不知道。決定要寫那篇文章後，我才開始蒐集他的報導和資料。那真是一樁駭人的案子，老實說，讀完後我曾懷疑自己是否能勝任這份工作。我是個單親媽媽，自己也有兩個孩子，寫那篇文章時，我們家的兩個孩子分別是六歲跟三歲，跟被望月殺死的兩個孩子正好同年，所以我完全無法理解望月為何要殺害無辜的孩子。本想推掉出版社的邀稿，但最後還是接下來了，因為我真的很想寫獄中歌人的文章，再加上，望月的短歌雖然嚇人，卻莫名地有股吸引力。另一方面是因為，我覺得幫這些短歌釋義具有相當的文學價值。」

「讀完望月辰郎的短歌，您有什麼想法？」

「老實說我覺得很恐怖。這些短歌描寫的是真實發生過的案件，所以在寫文章時，我變得有點怪怪的。在解釋短歌時，我必須想像望月的心情，腦中盡是案發時的殘酷畫面。寫完那篇文章後，我有一陣子根本沒辦法工作。」

「被害人家屬有向出版社抗議嗎？」

「有。其實那篇文章是上集，還有另外幾首短歌要在下集才介紹……但因為家屬抗議的關係，下集還來不及寫，上集那本就被下架了。現在回想起來，我當初實在太輕率、太莽撞了，竟沒有想到這篇文章是在家屬的傷口上撒鹽，對此我深感抱歉。」

「您有見過那位投書人嗎？」

「沒有。那封信的信封上寫有投書人的姓名地址，雜誌出版後，我曾寫過感謝信給他，但對方沒有回信。」

「冒昧請問一下，可以請您將投書人的姓名和聯絡方式提供給我們嗎？」

「這個……可能沒辦法耶。我不能洩漏投書人的個資，這是作家的職業道德。」

「我懂您的顧慮，但現實是，您的文章被歹徒塞入三名被害人的嘴裡。為了早日破案，還請您務必幫忙。」

「那名投書者真的跟這個案子有關嗎？」

「這個還不清楚，所以才要調查。」

聽到這裡，草野小姐垂下雙眼靜默不語。思考了一陣後，她從身旁的包包拿出一本記事本，翻開後放在自己的前方。

「這上面有該投書人的姓名和地址。」

「可以請您給我看嗎？」

「我不能主動給您看，但我跟您一樣，都非常期盼案件早日真相大白。所以……我先離席一下。」

說完，草野小姐留下了記事本，拿起包包起身往廁所走去。這招叫作「默契離席」，警察在辦案時，如果問話的對象不方便主動提供資訊，就會使用這種方法，將事情寫在紙上或筆記本上後「離席」。

我迅速地將記事本上的姓名和住址抄下。草野小姐回座後，我向她鄭重道謝，結束了這次訪談。

投書人住在東京都K市。以一般程序而言，我應該要寫信向他邀訪並靜待回音。但書信往返非常花時間，對方也不一定會回信，再加上K市並不遠，所以我決定親自走訪一趟。如果該投書人還住在那裡，我說不定能見到他本人。

JR中央總武線的某站——

下車後，時間已近黃昏，車站附近的商店街充滿了購物人潮，相當熱鬧。我走出商店街，來到一座獨棟房和住宅大樓林立的住宅區。將望月短歌寄給出版社的投書人還住在這裡嗎？前往目的地的途中，我是既期待又怕受傷害。

我事先上過地圖網過這串住址，地圖上確實有當初投書人留下的公寓名。既然地址為真，就只能祈禱對方還住在那裡了。

走了約十五分鐘後，我抵達目的地。那是一棟整潔而乾淨的公寓，從外觀無法判斷是什麼房型，感覺是專門租給學生的獨立套房。

我先到一樓的信箱區查看，但要找的房號上並無住戶名牌。於是我從外梯走上二樓，直接來到目標房號的門前，看見門口也沒有名牌時，不安瞬間湧上我的心頭：「該不會是空屋吧……」但我立刻發現，門口的窗戶內側裝有窗簾，看來是有人住的。

我試著按了一下門鈴，但沒有人來應門，接連按了幾次，裡面都靜悄悄的。當時是傍晚六點多，住戶大概還沒回來，所以我決定先離開，隨後再來拜訪。

我走回車站，到一家咖啡廳用筆電寫稿打發時間。那名投書人究竟是什麼樣的人？剛才那間公寓感覺住的都是學生或單身上班族。如果他是後者，大概幾點才會下班回家呢？

晚間八點多，我離開咖啡廳，再次前往目標公寓。昏暗的商店街上盡是下班的上班族。走在路上我心想，如果住戶還沒回來，就只能擇日再訪了，畢竟再晚也不好前去打擾。

晚上的住宅區路上空無一人。我在街燈下沿著夜路前進，明明是同樣距離，晚上走起來卻比白天漫長，走了好一陣子才看到那棟公寓。

我迫不及待朝目標房號看去，門口的窗戶裡滲出燈光，看來對方已經回家。一想到或許可以見到投書人，我就難掩心中興奮。我滿心期待地上到二樓，在門口調整了一下呼吸，強迫自己冷靜下來後，按下了門鈴。

屋裡傳出門鈴聲。半晌，門開了，一陣化妝品的香味撲鼻而來。眼前的人不是男性，而是一名看似酒店妹的年輕小姐，跟我想像中的投書人有著天壤之別。她看起來只有二十幾歲，感覺正要出門上班，頭髮捲得漂漂亮亮的，頂著一臉還沒完妝的濃妝，左眼下方有一顆痣。

「您好，請問你們這裡姓××（投書人的姓氏）嗎？」

「不是耶……」女人一臉訝異。

「那……請問這裡有一位××先生嗎？」

「就說了沒有了，怎麼了嗎？」她的訝異逐漸化為不悅。

「不好意思這麼晚還來打擾您……」

我急忙拿出名片說明來意，向她鄭重道歉後便離開了公寓。

那名小姐告訴我，她是一個人住，五年前就搬來這裡了。編輯部是在三年前收到那封投書，可見地址是魚目混珠。

這條線索就這麼斷了。既然住址是假，姓名更不可能為真。我認為這位投書人很有可能就是望月的信徒，繼承望月的遺志才攻擊小椋一家人。但事情到了這個地步，看來很難循線找到這號人物了。

有如霧裡看花的向島一家三口殺人案——

歹徒為何要將詛咒和歌塞入被害人的口中？將望月辰郎所寫的鬼畜和歌寄給《季刊和歌》的又是誰？為何望月對小椋家恨之入骨？又究竟是誰承接了望月的憤怒，幫他完成復仇的心願？

難道真相就這樣石沉大海，消失在黑暗之中？如果真的是望月辰郎的亡魂從地獄甦醒後作案，那一切就說得通了。

這次向島一家三口殺人案的採訪特輯就在這裡告一段落。

在此要對各位讀者說聲抱歉，因這是發生在你我身邊的真實兇案，所以沒有像推理小說一般出現戲劇般的發展，抽絲剝繭後成功破案。但我並未因此放棄，之後我仍會繼續追蹤本案，得知新的消息會隨時跟大家報告，還請各位敬請期待。

附記

小椋家唯一的生還者——獨生女A子如今仍在昏迷中，於東京都內的一家急救中心接受醫師全力治療，本刊由衷祝福她能夠恢復意識，協助警方破案。

〈妻子消失的緣由〉

（文・海老名光博　摘錄自二〇〇八年《我當失蹤人口調查員的那些日子》）

第三章　妻子消失的緣由

接下來要介紹的案例結局相當與眾不同。我辦過這麼多案子，這名失蹤人著實令我印象深刻。

這已經是二十幾年前的事了。一九八六年，我剛當上失蹤人口調查員，還是個名不見經傳的菜鳥。那一晚，我來到東京近郊的鬧區。該區位於轉運站，晚上九點多仍燈火通明，路上擠滿了剛下班的上班族，相當熱鬧。那時日本的景氣還很好，人們將「週五晚間」稱作「花漾金曜日[8]」，簡稱「花金」。雖然那天不是星期五，但街上仍是「人滿為患」。

路邊傳來搞笑藝人主演的連續劇主題曲，我在輕快的音樂中閃避一堆又一堆的人群，轉進小巷之中，來到一個「十八禁招牌」林立的地方。狹小的巷弄中，處處可見「粉紅沙龍[9]」及「半套店」等霓虹看板，有些大樓甚至每一樓都有供人風花雪月的店家。一路上有不少拉皮條的向我搭話，但我沒有搭理他們，直往目的地前進。

走了一段路後，我來到一棟蓋在建築物縫隙的五層樓建築，上面掛著「情趣按摩

8. 日文中的星期五為「金曜日（きんようび）」。
9. 專門提供口交服務的店家。

店」的招牌，這家店就是我今天的目的地。「情趣按摩店」是讓女性於包廂提供性服務的店家，這家店位於三樓，因沒有電梯，我只能從狹窄的樓梯上樓。

門口旁就是櫃檯，一名染著金髮、戴著耳環的矮胖男出來接待我。牆上的軟木板釘了許多女人的照片，金髮店員看起來不是什麼好惹的角色，卻意外地彬彬有禮。我報上自己的姓名（當然不是真名）和預約的小姐名字、結完帳後，他便請我進入等候室。在擁擠的等候室裡坐著等了半晌，剛才的金髮店員又再度出現，帶我到裡面與預約的小姐碰面。該女皮膚白皙，身穿細肩帶性感睡衣。我和她進到包廂，裡面放了一張小型雙人床，以及一間相當陽春的淋浴間。她原本要請我脫衣服，但我打斷了她的話，「我想跟妳聊聊。」然後坐到了床上。事實上，我並不是來這裡買春的，更何況眼前的這個人，可能就是委託人的妻子。雖說是為了調查，倘若真跟調查對象發生了性關係，被委託人知道可就麻煩了。

閒聊之餘，我必須判定此人是否為調查對象。就委託人給我的照片來看，她跟照片上的女人長得很像，身材纖瘦、胸部豐滿，身高也差不多。我的調查對象是二十五歲，櫃檯的檔案上寫說她二十四歲，雖說應召女郎的年齡本就真真假假，但如果是真的，那她的年齡也相符。因包廂裡相當昏暗，她又化著大濃妝，我無法判斷她到底是不是本人，所以現在還無法下定論。我的調查對象於一年四個月前失蹤，這些時間足夠一個人變張臉了。

現在我已培養一身「認人」的好本領。我會蒐集調查對象的完整資料，徹底分析對方的性格與行為，即便對方跟之前長得不一樣，又或者只是容貌非常相似，我也能迅速分別出來。可是，當時我只是個業界菜鳥，專業技術也不夠純熟，最多只能透過交談去判斷對方的身分。

「差不多該去洗澡囉。」她打斷我們的談話。

我們進到包廂已超過十分鐘，若再不開始「服務」，時間可就不夠了。她請我脫掉衣服，並準備脫掉身上的性感睡衣。我決定二一添作五，打開天窗說亮話。

「我可以問妳一個問題嗎？」

「什麼問題？」

「妳的本名叫作M子（調查對象的真名）是嗎？」

原本準備解開內衣的她，滿臉詫異地看向我。

「咦？怎麼了嗎？不是耶。」

看到那表情我瞬間明白，這個人並不是M子。失蹤人口聽到人家叫喚自己的本名時，為了掩蓋心虛，一般都會展現出特殊的反應。無論你的演技多好，都無法做到完全若無其事。但是，眼前這個人的表情並無絲毫心虛，可見她並非我的調查對象。

「抱歉，因為妳長得很像我認識的一個女生。」

「前女友嗎？」

「嗯，算是吧。」

雖然她不是M子本人，但也有可能認識M子，這麼一來，我就可以向她打聽M子的消息。於是，我又試探了她一次，但她的反應告訴我，她真的不認識叫作M子的人。既然如此，她對我而言就沒有利用價值了。之後我隨便編了個謊，說自己有急事，便離開了按摩店。我之所以來這間店，是因為調查對象的朋友告訴我她在這裡上班，沒想到消息只是煙霧彈，我又再次華麗麗地空手而歸。

這件案子的委託人是T（四十七歲），他大約一個半月前來到我們調查事務所。T在東京一間高級義式餐廳擔任主廚，他的皮膚黝黑，體型壯碩，比起廚師，更像是退休的橄欖球員。他委託我們尋找失蹤的妻子，她名叫M子，一年多前說要跟學生時代的朋友一起出去吃飯，之後就再也沒回家。

瀏覽T填的調查表時，我問道：「對於尊夫人為何離家……您有頭緒嗎？」

「完全沒有。託您的福，我們餐廳生意很好，我太太並不缺錢花用。」

「冒昧請問一下，她有外遇的跡象嗎？」

「這個嘛……我們夫妻感情很好，感覺她在外面並沒有其他男人。」

「尊夫人失蹤已過了一年又三個月，為何您現在才來找我們呢？」

「她剛失蹤時，我用了很多方法找她。但我還有生意要顧，所以不想把事情鬧大。

後來我發現光靠我一個人的力量不夠，才來這裡求助你們。」

「您有聯絡岳父岳母嗎？」

「我岳父在我太太讀高中時就過世了，岳母在那之後很快就再婚，成為一家溫泉旅館的老闆娘，之後我太太開始與她疏遠，長大後就很少聯絡了。不過，我還是有打電話問過我岳母，但她也不知道我太太的下落。」

「尊夫人有兄弟姊妹嗎？」

「沒有，她是獨生女。」

「您有向警方求助嗎？」

「沒有。一方面是因為我不想讓外人知道這件事，一方面是我覺得，即便報了警，他們也不會認真幫我協尋。」

他說得沒錯，每年警方接到的失蹤人口通報數量超過八萬件，因數量龐大，根本沒有人手一一搜索。再說，警察的職責是偵辦刑案和逮捕罪犯，如果失蹤人是自己決定躲藏起來，只要他沒有涉案，警察就無法對他們行使警察權。

「好的。請問我能夠到府上看看嗎？」

「到我家嗎？」

「是的，府上或許會有什麼線索。」

幾天後，我親自去了T家一趟。

他家是兩樓高的透天厝，位於東京一座高雅大方的住宅區中。他告訴我，這棟房子是他跟M子結婚時貸款買的，格局為三房兩廳，門口有一座小小的院子。房子的總坪數不到三十坪，雖然不是太大，但屋齡很新，地點也很好，想必房價應該不便宜。

T帶我來到以前M子用來放衣物用品的房間。這間房間位於二樓，跟臥房是分開的，大小不到三坪。T說M子離開後，房間就一直保持原樣。整個房間空蕩蕩的，感覺已經很久沒人使用，空氣中飄著霉味。得到T的允准後，我開始檢查M子的私人物品。

「搜查房間」是調查失蹤人口的第一步，這麼做除了有助蒐集行蹤線索，還可幫助我們了解調查對象，像是他有什麼興趣、平常的穿著風格、喜歡什麼音樂或明星、喜歡讀什麼類型的書……等。如果有筆記本或日記，就看看他寫了什麼；如果找到信件、明信片、通訊錄或相本，還可過濾他的交友關係。

M子本來在T的餐廳工作，其認真的態度和爽朗的性格讓T對她一見鍾情，兩人因而開始交往。雖然貴為高級餐廳的老闆娘，M子行事卻相當低調，她房裡的衣服都相當樸素，也沒有雍容華貴的飾品。不過這也難說，說不定她已經把高級寶石都帶走了。將房間翻過一遍後，我並未找到任何可用的線索。看來，M子在離家前將畢業紀念冊、賀年卡、信件等可能洩漏交友關係的東西都處理掉了。

「M子有提款卡嗎？」

「有，我以前每個月都會把生活費跟零用錢匯到她的戶頭。」

「存摺在您那邊嗎？」

「存摺是由我太太保管，但她好像帶走了。」

我問存摺，是為了調查M子帳戶的金錢流向。M子離家後一定會領錢，只要查出她的領錢地點，可就得來全不費工夫了。看來這次的對象相當「難搞」，為了不讓丈夫得知行蹤，她消除了房裡所有可能成為線索的物品。但這並未打擊到我，反而激起了我的鬥志，立志非找到她不可。

我先是裝成M子的親戚，向M子的母校借來當年的畢業紀念冊，沿著通訊錄一個一個打電話詢問。

除此之外，我還委託了「個資公司」調查M子。「個資公司」是專門幫私家偵探、徵信中心調查個人資訊的商家。只要有調查對象的姓名、生日，他們就能調出對方的銀行帳戶內容、地下錢莊債務等資料。「個資公司」是用非法的手段取得資料，為了保險起見，他們只接我們這種「專業」的委託。

幾天後，個資公司聯絡我，說他們調到M子的帳戶內容了。資料顯示，該帳戶在半年前有幾次提領現金的紀錄，地點是長野縣的提款機。於是，我決定親自到該處走一趟。

長野縣某市——

該提款機位於車站附近的商店街一隅，旁邊是一家大型超市，門口不斷有客人進出。為了掩人耳目，我找了個隱蔽處監視每個出入超市的人，端詳每個跟M子年紀相仿的女性。一想到M子可能到這裡領錢，我的心就緊張得跳個不停。

然而，我監視了整整三天，都沒有出現疑似M子的人。這個結果並不意外，提領已是半年前的紀錄，之後半年的紀錄都是空白的。也就是說，她可能早已離開這裡。

為什麼M子會到長野縣領錢呢？她是在千葉縣長大，跟長野可說是八竿子打不著邊。不過，有件事令我非常在意，那就是M子的母親再婚後成了溫泉旅館的老闆娘，而那家旅館就位於長野縣。

M子很有可能投靠了母親。從這臺提款機到她媽媽的溫泉旅館，坐電車只需一個小時，這絕非偶然。雖然M子媽媽跟T說自己不清楚女兒的行蹤，但她也有可能為了幫助女兒而說謊。

我決定到M子媽媽工作的溫泉旅館一探究竟，便假裝是泡湯客，向該旅館預約了房間。像這種「太太離家」的案例，大多是因為夫妻不合才搞失蹤，而父母因為心疼女兒，基本上都是跟女兒站在同一陣線。在這種情況下，我們對失蹤人的父母只能用「旁敲側擊」的方式試探，若直接說明來意，基本上都無法得到對方的協助。就算他們知道女兒的下落，也絕對不會洩漏，有些父母甚至會幫忙藏匿女兒。

順帶一提，因溫泉旅館包吃包住，且不問工作經歷，所以很多主婦離家後都是到溫泉旅館工作過活。在尋找失蹤女性時，若循線找到特定的溫泉旅館，基本上都能找到失蹤人。也因為這個原因，當時我認為M子很有可能就躲在溫泉區。

M子媽媽工作的溫泉旅館相當平價。旅行雜誌將之定位為「老字號旅館」，實際上卻沒有那麼高檔。不過，旅館的服務人員態度親切，住起來滿舒服的，溫泉跟餐點都還不錯。

實際見到旅館老闆娘，也就是M子的媽媽時，我發現她長得跟M子很像，漂亮卻一點都不高傲，個性相當隨和健談。我不經意地問起她女兒的事，她的反應也沒有什麼異樣。

我就這樣在旅館住了幾天。期間，我悄悄觀察老闆娘的舉動，還暗地尾隨了她好幾次，但並沒有特別的收穫。我也到處向附近的旅館、餐廳打聽M子的消息，但沒有人看過她。這個溫泉區很小，如果M子真躲在這裡，流言早就傳得滿天飛了。看來這次我又華麗麗地滑鐵盧了，M子根本不在這裡。於是我毅然決然離開長野，回到了東京。

這麼一來，銀行帳戶這條線就斷了，如今只能將希望放在「舊友」這條線。我向M子的老同學請教她以前的朋友圈，並聯絡上幾個她學生時代的好友。但不知道為什麼，他們全都拒絕幫忙，只有M子的高中同學——K穗願意跟我見面。

我和K穗約在東京的一家咖啡廳碰面。她目前在新宿的酒店當陪酒小姐，等等就要直接去上班，所以臉上頂著大濃妝，穿著也相當暴露。我照例隱瞞了身分，假裝自己是

Ｍ子的親戚。

「妳知道Ｍ子人在哪裡嗎？我們家人都很擔心她……」

「不知道耶，我還是聽你提起，才知道Ｍ子失蹤了。」

「她如果過得好就算了，如果過得不好，知道她在哪我們也方便送錢給她……」

我這麼說其實是在放餌——不一味逼問行蹤，而是以「想送錢給對方」為由，強調我跟失蹤人站在同一陣線，藉此引對方上鉤。如果Ｋ穗真有跟Ｍ子聯絡，就會告訴Ｍ子有人想接濟她，這麼一來，Ｍ子就可能主動跟我聯絡。

幾天後，我接到了Ｋ穗的電話——

「跟你見面後我向朋友打聽過了，聽說Ｍ子現在在東京的紅燈區工作，店名叫作○○，她的花名是×××。」

Ｋ穗給我的店名正是開頭的情趣按摩店。我實際走訪後，才發現這根本就是假消息。之後我用盡了各種方法尋找Ｍ子，但並未找到蛛絲馬跡。Ｍ子離家前做足了準備，她幾乎消除了所有線索，消失得無影無蹤。據我推測，她應該是為了擾亂調查，才故意到長野提款機取款，讓我們以為她去投靠了母親。她事先拜託朋友幫忙保守秘密，還放出自己在紅燈區工作的假情報，都是為了隱瞞行蹤。看來，Ｍ子非常清楚Ｔ會找人調查她。

想必Ｍ子是有什麼特別的理由，才會刻意躲著Ｔ，策劃出這宗「完美失蹤案」。其實，看她這樣千方百計地隱瞞行蹤，我大概猜得到她為何離家，之後也證明我的推測是對的。

調查M子兩個月後的某天——

我來到千葉縣常磐線的某車站檢票口。當時正值早上的尖峰時段，人群不斷湧入車站之中。雖然這裡並非大站，只有各站皆停列車才會停靠，但每到上班時間，站內依舊是「人滿為患」。這陣子我幾乎天天都到這個車站「站崗」，站在暗處仔細端詳每個通勤族的臉龐，檢查M子有沒有混在人群裡。

M子一直到高中都住在這附近。她在一座公營住宅出生長大，家裡離車站約步行十五分鐘的路程。直到高中念到一半父親去世，M子才跟著母親搬到別的地方。如今她的「老家」已有別的家庭入住，附近也沒有親戚朋友可投靠，因此我合理判定她人應該不在千葉，也並未特別調查這裡，直到我得到一個消息。

當時我遲遲找不到新線索，對M子的行蹤毫無頭緒，調查也因此陷入膠著。但我堅信，M子應該有跟高中時代的好友K穗聯絡，否則K穗不會特地放假消息給我。我並沒有再次約K穗見面，因為我知道她不會輕易對我說實話，這麼做只會讓她態度更加強硬。別看K穗那個樣子，她其實非常講義氣。像她這種外表看似愛玩的女生，通常都特別挺姊妹。

於是，我決定主動設下陷阱。

我再度來到T家，到M子的房間隨便拿了幾件衣服和包包，裝在一個小牛皮紙箱裡。然後用M子媽媽的名義寄給K穗，附上一封信說：「如果妳知道我女兒在哪裡，麻煩幫我交給她。」藉此觀察K穗的舉動。

隔天，我算準包裹送達的時間，到K穗家的大樓外守著。因K穗認識我，我還特意帶了女調查員一起去。等了一陣後，一名宅配人員抱著我昨天寄的包裹走進大樓，五分鐘後又空手走了出來。既然包裹送出去了，就代表K穗沒有拒收，看來她果真跟M子有聯繫。接下來，就看她怎麼處理了。

照理來說，她應該會跟M子聯絡，然後跟M子子約在某處見面，又或是請M子子來住處跟她拿。

一個小時後，K穗拿著包裹走出大樓。我隨即請女調查員跟蹤她。

K穗來到附近的郵局填寫託運單，看來是要將包裹寄出去。女調查員若無其事地走到她身邊，偷看她寫的內容，但還來不及看清完整地址，K穗就已經寫好，把包裹拿到窗口。女調查員只看到單子上的收件人是M子，地址是千葉縣的K市。K市是M子出生長大的地方。看來我沒猜錯，K穗果然是講義氣的「好姊妹」。

我在車站前監視了兩個小時。

此時早上的尖峰時刻已告一段落，通勤族也少了許多。我走進車站裡的一間咖啡廳，選了窗邊的位子坐下，這裡可以清楚看到站前的馬路和檢票口。這幾天我都沒等到M子，如果她真的住在這裡，就一定會來這附近，因為商店都集中在車站周圍，就算她沒有要搭電車，也應該會來這裡買東西。

我一邊掃視窗外，一邊啃咬跟咖啡一起點的三明治，最後留下了一小塊就不吃了。我並沒有吃飽，也不是難吃到難以下嚥，而是在監視的過程中，調查對象隨時都可能出現，調查員為了保持頭腦清醒，絕對不能「吃飽」，否則很容易想睡覺。

M子遲遲沒有現身。途中出現過幾個跟她身材相似的女人，長相卻是天差地別。我已經在咖啡店待了一個小時，感覺不能再繼續坐下去了。準備起身結帳時，我隨意瞄了窗外一眼，窗外的景象卻讓我愣在原地——

一個女人推著紅色嬰兒車走在路上，推車下方的籃子裡裝著超市購物袋和袋裝尿布，購物袋裡還微微露出蔬菜。看到該女的長相時，我彷彿觸電一般，急急忙忙付完錢便衝出店外。「我一定要找到她！」我不斷在人群之中穿梭狂奔，尋找她的身影。直到看到推著紅色嬰兒車的女人背影，我才安下一顆心。我嘆了一口氣，保持一段距離跟在她的後方。

這個人肯定就是M子。

雖然她的髮型換了，人也比照片上胖了一些，但很明顯就是M子。我小心翼翼地跟在她後面，追蹤了兩個月，我終於見到M子了，M子就在我的眼前！調查員見到調查對象時，心裡都會有種特別的感覺，因為她對我一無所知，我卻對她瞭若指掌。

M子推著嬰兒車往前走，沿途不斷發出輪子摩擦路面的聲音。離開車站鬧區後，路上的行人逐漸變少，我戰戰兢兢生怕被她發現。為什麼我不叫住她呢？因為她很有可能會逃走。遇到這種情況，最好是先默默跟蹤，知道對方住哪裡再說。

我沒想到她會推著嬰兒車出現。從後方看不到小孩的臉，但嬰兒車是紅色的，應該是個女孩吧。我的心裡盡是疑問，她是什麼時候生下孩子的？她不是一年多前才離家的嗎？孩子幾個月大了？爸爸又是誰？

走了五分鐘後，我跟著M子來到了國道上，接著她轉進小路，進入一座住宅區。這裡除了有許多住宅大樓和透天厝，還穿插了許多菜園。兒童公園旁的菜園中，一名農婦正專心務農。公園過去是一條平緩的下坡，坡道旁有一排老房子，只見M子推著嬰兒車走下坡道，停在其中一棟老房子前。

那是一棟外頭圍著水泥牆的老木屋，雖然看不清楚屋裡的狀況，但看得出來院子很大，牆外可看到鬱鬱蔥蔥的綠樹枝頭。M子從包包裡拿出鑰匙，推著嬰兒車進門。看來，她真的住在這間房子裡。費盡千辛萬苦，我終於找到她的藏身之處了。

我打電話給上司，向他報告我已找到失蹤人的住處。之後女調查員趕來跟我換班，我則回到事務所。因M子生了孩子，我們必須先釐清狀況，所以跟上司討論過後，我們決定先不告訴委託人已找到調查對象。

隔天，我將監視的工作交給女調查員，自己到公所調閱戶籍，並向左鄰右舍打聽消息。調查結果顯示，該戶的戶主名叫O，O今年二十五歲，單身，目前在地方銀行工作。那棟老木屋登記在O的名下，O的母親幾年前去世後，他一直是一個人住。O是M子的國中同班同學，畢業紀念冊M子班上也確實有O的名字。他們國中時並沒有很熟，但聽說O對M子有意思。

也就是說，M子離開T後，投靠了國中同學O，住在O的家中。嬰兒車上的小孩是O的骨肉嗎？如果T得知妻子失蹤後跟別的男人住在同一個屋簷下，還生了一個小孩……他會作何感想呢？

M子為何要捨棄高級餐廳老闆娘的身分，逃到國中同學的家裡呢？這樣比較或許很失禮，論派頭，O家是棟老舊木屋，T家是高級住宅，兩棟房子差了十萬八千里；論薪水，T的收入應該也是O的好幾倍。

我知道感情的事外人無法置喙。以前我曾碰過這樣的案例——一名旗下有好幾間公司的大老闆委託我們尋找失蹤的妻子，夫妻倆已有小孩，過著衣食無缺的富裕生活。然而有一天，妻子卻突然拋家棄子消失了。經過調查，我們發現她跟別的男人住在一間髒兮兮的分租公寓。該男沒有固定工作，兩個人過得相當拮据，但她的臉上卻洋溢著幸福的笑容。我這才明白，當愛情來臨時，人連財富和親生骨肉都可以捨棄。

Ｍ子為什麼會躲著丈夫呢？我想應該是有不可告人的秘密。我們在將調查結果告知委託人前，有責任先弄清楚失蹤人離家的原因。而要釐清緣由，就只能詢問Ｍ子本人了。

翌晨，我再次前往Ｍ子的住處，等待她現身。中午過後，Ｍ子推著娃娃車走出家門，看似要帶孩子去散步。因擔心被鄰居看到，我沒有馬上叫住她，而是悄悄跟在她的身後。

走了大約十分鐘後，她突然停在路邊，拿出毛巾幫孩子擦口水。我趁機叫住她：「不好意思，妳是Ｍ子對吧？」

她的表情瞬間僵化，拿著毛巾的手也停下動作。嬰兒車上的孩子身穿粉紅色連身衣，正睡得香甜。

「妳是Ｍ子吧？」見她愣在原地，我又問了一次。

我以為她會裝傻到底，又或是拔腿就跑。但她卻卸下緊繃的表情，冷靜地反問我：「……你是哪位？」

「妳先生委託我們公司調查妳的下落，我找妳很久了。」

「原來如此。」

Ｍ子垂下雙眼，一副放棄掙扎的模樣。見她拿著毛巾的手微微顫抖，我輕聲細語地對她說：「我方便跟妳談談嗎？」

我與M子來到附近人行道的一張樹下長椅。當時是下午兩點多，人行道上沒什麼人。嬰兒車上的孩子剛睡醒，卻不哭也不鬧，露出天使般的笑容。

「她好乖喔。」

「是啊。」

「不好意思突然叫住妳，應該嚇著妳了吧？」

M子無言以對。

「妳先生T委託我們調查妳的下落，照理來說，我必須向T報告妳目前的住處，但在交差前，我想先跟妳談一談。」

「妳的意思是，我先生還不知道我人在千葉？」

「是的。」

M子再度閉口不語，只見她青著一張臉，嘴唇微微顫抖。

「妳應該是有什麼苦衷才離家的吧？妳現在住在O家對吧？」

「你查得滿清楚的嘛。」

「是呀，我調查妳很久了。請問你們兩個是什麼關係？」

「他是我的國中同學。」

「為什麼妳會住進他家呢？」

「我們是在同學會重逢的。後來我逃出那個家，不知該如何是好時，O幫了我很多忙。」

「那這個孩子是Ｏ的……」

「不是的。」

「不是？」

「這個孩子現在快九個月大，是Ｔ的孩子。離家後我才發現自己懷孕了。」

「這樣啊……」

真是令人意外的消息。Ｍ子是在一年五個月前失蹤的，如果這個孩子已經九個月大，就代表她是在離家八個月後生產的，所以她應該在離家前就懷孕了。

「抱歉一直打聽妳的私人問題，但是……這孩子會不會是Ｏ的呢？妳懷孕時已經跟Ｏ交往了嗎？」

「不會。我跟Ｏ重逢沒多久就離開那個家了，所以不可能是他的孩子。」

「這樣啊……那Ｏ知道這孩子不是他的嗎？」

「當然知道，生產時他也幫了我很多忙。」

Ｏ雖然知道孩子不是自己的，卻還是全力協助Ｍ子生產。Ｏ國中時曾暗戀過Ｍ子，看來他真的很喜歡她，才會愛屋及烏至此。

「妳為什麼會突然離開Ｔ呢？」

聽到這個問題，Ｍ子的眼神微微閃爍，輕聲回道：「我如果再不離開，可能會被他殺死。」

「殺死？什麼意思？」

「結婚後，我先生彷彿變了一個人，動不動就發脾氣，只要有什麼看不順眼的事，就會找我出氣。剛開始是用罵的，慢慢的，他開始對我動手……」

「家暴嗎？」

M子輕輕點頭。

「他在店裡跟家裡判若兩人。只在店裡看過他的人，一定無法想像他在家裡竟是這種樣子。我本來覺得忍一忍就過去了，但他出手一天比一天重，我覺得再繼續待在那個家會有生命危險，所以才……」

我想的果然沒錯，M子離家是因為受不了丈夫的暴力虐待。

T第一次來事務所時，我曾問及M子失蹤的緣由，當初他支吾其詞，大概就是擔心自己的暴力行為曝光。在調查失蹤人口時，最忌諱的就是委託人有所隱瞞，只有全盤供出真相，我們才能全力搜查，但現實中願意坦誠以對的委託人，卻是少之又少。看到M子好友的態度後，我才確定這是一宗家暴案。她們口徑一致地拒絕幫忙，K穗為了擾亂調查，甚至不惜放出假情報。

這是「家暴失蹤案」的常見模式。M子的好友得知T的惡行後，同情M子之餘，肯定是「嫉T如仇」，才會決定一致對外，保護M子。

「妳有考慮過離婚嗎？若向相關申報，法院一般都會判准離婚。」

「我先生真的很恐怖，他說自己認識黑道的人，如果我要求離婚，不知道會遭到怎樣的對待……」她全身微微顫抖，眼眶含著淚水，「要逃離那個人的魔掌，我只能逃出那個家。」

「原來如此，所以妳才會想方設法隱瞞自己的行蹤。」

「是的……如果被他發現我的住處，真不曉得他會對我做出什麼事來。所以我到現在還沒幫這個孩子報戶口。」

日本這類「無籍人口」超過一萬人，他們大多是因為某些原因導致戶籍消失，又或是出生時無法報戶口。日本身為法治國家，卻有這麼多未經公證的無籍人口，實在令人驚訝。

一九八〇年代當時，無籍問題尚未浮出日本社會檯面。直到二〇〇七年，一名高中生因沒有戶籍無法申請護照而在街頭發起連署活動，大家才注意到這個潛在的社會現象。為什麼日本社會有這麼多「無籍人口」呢？大多案例是源於「離婚後三百天問題」。日本《民法》第七百七十二條第二款規定，離婚後三百天內出生的孩子推定是在婚姻期間懷孕，所以認定為前夫的孩子（即便明顯不是）。若母親要否決這項認定，就必須與前夫一同接受調停又或是打官司。很多人都因為這條規定而不願幫孩子報戶口。

想當然耳，M子並未與T離婚。如果她幫孩子報了戶口，就會在戶籍謄本上留下紀錄，T也會因此得知這個孩子的存在，並查到她目前的所在之處。

「雖然很對不起這個孩子，但我無論如何都不能被T找到，否則被千刀萬剮都有可能。所以……可以請你替我保守秘密嗎？求求你，千萬別告訴T我人在哪裡……如果被他知道了，不但會造成O的麻煩，我跟這個孩子可能連命都保不住了……」

M子的雙眸掉下斗大的淚珠。

「拜託你……千萬別告訴T我們在哪裡，我求你了……」

她聲淚俱下，不斷向我鞠躬懇求。

此時此刻我的心情非常複雜。每每遇到這種情況，調查員都會陷入左右為難的境地。雖然公事應該公辦，但我們的決定，卻可能改變別人的一生。我們的工作是幫委託人解決家庭問題，不是警察在追捕罪犯，所以不能不分青紅皂白就將調查結果如實供出。尤其像這種牽扯到家暴的案例，更要特別謹慎，因為失蹤人回家後，很有可能繼續受到暴力對待。再加上，M子多次強調自己可能有生命危險，如果最後鬧出刑事案件，我們公司可能也會被追究責任。

「我明白了，但我一個人作不了決定，我之後會跟上司談談看。」

「真的嗎？謝謝你……」

她睜大充滿淚水的雙眼，對我深深一鞠躬。

跟M子道別後，我回到事務所與上司，也就是調查事務所的所長報告事情的來龍去脈。這次的家暴問題非同小可，M子非常害怕自己會死在丈夫的手上。經過多次討論，我們決定不向委託人報告M子的行蹤。雖然這麼一來就必須退費，這對我們這種小型調查事務所無疑是一大損傷，但為了M子的人身安全，我們別無選擇。

過幾天，我與所長一同到T家拜訪，向他報告我們並未找到M子，並將調查費用扣除必要支出後全數返還。T的表情盡是不悅。

「花了幾個月竟然還找不到，你們真是廢物。」

看到T破口大罵的模樣，我心想M子說得果然沒錯，他的脾氣真的很差。此時此刻我真想揭開他的真面目，要求他跟M子道歉。但為了工作，我只能忍氣吞聲，不斷向他道歉。

隔天，我又去了M子家一趟（當然，我一路都有特別注意是否被T跟蹤）。

當初我們因擔心M子逃跑，仍繼續派員在她家外面監視。我跟監視人員換班後，等了約一個小時，M子才推著娃娃車走出家門。我等她走了一段路後叫住她，見來人是我，M子臉上盡是憂心，大概是以為我把T帶來了吧。直到我說出我們決定向T隱瞞她的行蹤時，她才鬆了一口氣。

「真的很謝謝你，我真不知道該怎麼感謝你們……」

「不用不用，這是我們該做的。當發現委託人有問題，又或是可能對失蹤人造成危害，我們就不會如實報告調查結果。」

出版禁止

「海老名先生，真的很抱歉，給你們添麻煩了，這樣你們是不是就得退還調查費用？」

「如果真發生了什麼憾事，我們公司也會被追究責任，這一點損失算不了什麼。」

「真的很抱歉……」她垂下雙眼，「每次都這樣，我總是為別人帶來不幸。」

「妳怎麼會這麼說呢？」

「我媽媽小時候常這麼說我，嫌我是個掃把星，還說我爸爸是被我剋死的。我想她說的並沒有錯，T會對我暴力相向，肯定也是我害的。最近我開始覺得，或許我就是為自己招來不幸的掃把星。」

「沒有那回事，妳很幸福不是嗎？有一個願意為妳全心付出的男人，還有一個這麼可愛的孩子。」

她沒有立刻回答，半晌才勉強開口。

「……也是。之後我打算跟O登記結婚，一家三口攜手過活。真的很謝謝你。」

M子失蹤案的調查到此結束，雖然沒有幫委託人「破案」，也沒有幫公司賺到錢，但我心中的那份成就感是無可比擬的。

這個案子其實還有幾個後續發展。

首先，這件案子調查結束沒多久，M子的丈夫，也就是委託人T便失蹤了。一家同行向我們詢問本案時告訴我，T侵占店裡的公款後「消失」了。T的餐廳的出資人據說是名黑道人士，T瞞著出資人在家裡藏了幾千萬現金，然後捲款潛逃了。出資人得知後暴跳如雷，正全力搜查T的下落。

這下T完蛋了。我不是在幸災樂禍，而是替M子感到高興，她不用再一天到晚提心吊膽了。

七年後，一九九三年，我在一篇新聞報導中看到M子和O的名字。那是一樁兒童誘殺案，被害人的雙親與他們倆同名。案發地點為千葉縣的K市，看來就是他們不會錯。當時M子已然改姓，應該已經嫁給了O。

兇手是一名陌生流浪漢，他將M子家的小姊弟騙走後加以殺害。一想到我見過那名受害的女孩，她還曾經對我露出天使般的笑容，就令人感到不勝唏噓。看到該案的報導時，我不禁想起M子說過的一句話——

「或許我就是為自己招來不幸的掃把星。」

或許真的是吧。這麼說雖然有點對不起M子，但人生就是如此，生在她這樣的掃把星之下，就只能面對自己的命運。

〈檢證——第二十二年的真相〉

（文・橋本勳　摘自雜誌《流路》二〇一五年十一月號）

手寫信

今年的四月十七日，我在看電視時，出現了一行新聞快報。

——向島住宅大樓一家三口遇襲傷亡——

這個新聞令我目瞪口呆，歹徒闖入一棟位於東京向島的住宅大樓內，攻擊其中一家三口住戶，導致父母死亡，女兒命懸一線。重點是死者的名字，兩名死者分別是小椋克司（五十四歲）與小椋鞠子（五十四歲）。二十二年前，千葉縣柏市發生了一樁小姊弟誘殺案，小椋夫妻正是該案受害人的父母。

柏市一案至今已過了二十二年。

十三年前我曾追蹤過本案，並將採訪內容寫成文章〈鬼畜之森——柏市・小姊弟誘殺案——〉，但並未找出兇手望月辰郎的犯案動機。文章刊出的九年後，也就是二〇一一年，望月辰郎遭到處決，本以為事情將就此告一段落，沒想到在四年後的這天，被害小姊弟的父母竟遭人殺害，這到底是怎麼一回事？

一九九三年的小姊弟誘殺案和二〇一五年的一家三口殺人案——這兩樁相隔二十二

年的案件，彼此難道有什麼關聯嗎？部分媒體以「死刑犯望月辰郎的詛咒」為題報導此案，有記者讀完我寫的誘殺案追蹤報導後，還特別來電採訪我的意見，當時我認為這兩椿案件只是巧合，且望月辰郎也已經不在人世，所以僅回答：「我認為二十二年前的案子跟向島一案並無關聯。」

不過，之後卻傳出消息說，歹徒在三名被害人口中塞的紙條，竟是望月在獄中所創作的「鬼畜和歌」。這麼一來，兩椿案子可就息息相關了。

四年前看到望月伏法的報導時，我默默在心中為柏市的小姊弟誘殺案劃下句點。因為望月一死，就沒人知道他當初為何要殺害無辜的孩子，真相也將石沉大海。沒想到事情並未結束，直到二十二年後的現在，望月的詛咒仍未斷絕。

就在這時，我收到了一封手寫信。以下是該信全文——

橋本勳先生

您好。

冒昧寫信給您，還請您見諒。

我是您的讀者。十三年前，您曾幫雜誌《流路》寫了一篇〈鬼畜之森——柏市・小姊弟誘殺案——〉，內容充滿了衝擊性，我拜讀後感到十分揪心。這麼說或許會冒犯到您，您將整個案件採訪得鉅細彌遺，我能從字裡行間中感受到橋本先生您的用心與辛勞。

但是，恕我冒昧，您的文章中有一個重大錯誤，這也是我今天寫信給您的目的。

至於是什麼錯誤，在信上我實在難以啓齒……說老實話，我原本打算將這件事情一輩子埋藏心中，直到今年四月看到向島一案的駭人報導，我發現光靠我一個人的力量，是承受不了這些的，我無法繼續隱瞞眞相，因而感到非常痛苦。

因此，可否請您與我見上一面，當面聽我訴說呢？抱歉向您提出這樣無禮的要求，但我打算將藏在心裡的實話全盤托出，還請您考慮考慮。

二〇一五年九月五日

×××（寄件人姓名）

來信的是名女性。

她所指的「重大錯誤」究竟是什麼？她是案件的相關人士嗎？她想「全盤托出」的實話又是什麼？唯有跟她見面，才能解開這些疑問。事不宜遲，我立刻將回信寄到信封上的寄件人地址，與她約時間見面。

幾天後，我搭上東北新幹線，直奔仙台赴約。

傍晚五點多，新幹線抵達仙台站。我穿過檢票口走出車站，才發現外頭正下著小雨。我有些猶豫要不要坐計程車過去，但從這裡到目的地並非走不到的距離，再加上還有時間，最後我決定走過去。於是，我到便利商店買了一把塑膠傘，沿著陰雨綿綿的仙台街道前進。

走了大約十五分鐘，我來到跟對方約好的地方——一家中型飯店，進到咖啡廳等待她的到來。

到了約定的下午六點，一位小姐準時出現。她綁著馬尾，穿著套裝，看起來相當嚴肅。她一見到我，馬上開口道歉。

「不好意思，照理來說應該要我去東京找您才對，卻讓您特地從東京過來。」

「別這麼說，是我個性太急了，收到您的來信後就一直坐立不安，所以就自己過來了。」

這位小姐個子不高，她在仙台市內的會計事務所上班，今年四十一歲，因她不願意公開姓名，在此我們暫且稱她加藤江美。

坐下後，我幫她點了一杯飲料。為了緩解緊張的氣氛，一開始我先與她閒話家常，但她卻很少回話，一副若有所思的樣子。見時機成熟，我打開天窗說亮話——

「謝謝您閱讀我的追蹤報導，那已經是十幾年前的文章了，沒想到現在還能收到讀者的反饋。您在信中提到，我的文章裡有寫錯的地方是嗎？」

「是的。」

「是什麼地方呢？」

她俯首不語，一副有口難言的模樣。

「××（加藤江美的本名）小姐，您是那樁案件的相關人士是嗎？」

「我跟那樁案件沒有直接關聯，但我懷疑……那樁案件，或許是因我而起的。」說這話時，她依舊低著頭。

「因您而起……？可否說得清楚一點呢？」

「我要說的是案發前的事，望月今日香……是我的高中同學。」

提到今日香的名字時，她的眼眸彷彿蒙上了一層灰。

「您說的望月今日香，是兇手望月辰郎的獨生女嗎？」

「是的。」

「今日香應該在案發前就去世了吧？」

「沒錯。」

「好的，您請說。」

「正如我在信裡寫到的，之前我打算將這個秘密一輩子埋藏心中，所以……即便今日香去世、她爸爸犯下那樣駭人的誘殺案，我都沒有提起隻字片語。我一直告訴自己，我高中時經歷的事情都是假的，都是幻覺……這樣我才能將那些事拋諸腦後，將真相鎖在心底的最深處。」

加藤江美說得懇切，我則默默聆聽。

「我一直以為時間會沖淡一切，隨著時光流逝，這些有如夢魘般的記憶就會煙消雲散，所以才會在高中輟學後，來到人生地不熟的仙台。」

說到這裡，她吸了一口氣。

「沒想到，時間並沒有沖淡一切。高中時代的噩夢依然糾纏著我……每每看到那些令人心驚的新聞報導，當時的記憶就會接連甦醒。那讓我開始懷疑，我會不會就是造就這一連串悲劇的罪魁禍首？如果我當初能夠說出真話，是不是就不會發生這些可怕的事了？直到前一陣子，我在新聞看到誘殺案受害人家屬搬到東京後被不明歹徒殺害的案件，我才終於下定決心，要將真相全盤托出，所以……」

江美緩緩抬起頭，這是她第一次正眼看向我。

「我決定將真相告訴對這件案子瞭若指掌的人，也就是橋本先生您……」

「原來如此，那麻煩您把事情全部告訴我，包括報導錯誤的地方，還有您想要全盤托出的『真相』。」

「好的。」

加藤江美輕輕頷首。

此時此刻，她的眼神充滿了堅毅與決心，和剛才判若兩人。

和歌

「我常在圖書室看到妳呢。」

江美鼓起勇氣向望月今日香搭話。

那天是高中二年級的開學典禮，兩人被分到了同一班。江美每次去圖書室，都會看到一個留著烏黑長髮的美少女坐在閱覽室的角落，那個人就是今日香。今日香生得像娃娃一般美麗，那美貌連女生也忍不住讚嘆。

「是呀……之後我們就是同班同學了，多多指教唷。」今日香用她獨樹一格的眼神看向江美，給了她一個微笑。

那是江美第一次與望月今日香說話。之後兩人愈走愈近，成了彼此上高中後第一個交到的朋友。

江美念的是縣內數一數二的升學高中。其實以江美的國中成績，本來是很難考進這所高中的，當初她只是奉父母之令來考考看，沒想到竟時來運轉地考上了。也因為這個原因，江美一直覺得自己跟這間學校格格不入，她的程度跟同儕差太多了，不但課業跟不上，跟同班同學也聊不來。

今日香跟江美不同，她並非班上的「車尾族」，不僅如此，每次考完試，她的名字一定會出現在走廊的「榮譽榜」中。不過，今日香不是那種積極融入班上的類型，總是獨來獨往。

為什麼我那天要跟今日香搭話呢？如果我沒有找她說話，她或許就不會死了——每每想到這裡，江美總感到痛不欲生。江美其實很崇拜今日香，她成績優異，身材高挑長得又漂亮，全身散發出一股不容他人侵犯的非凡氣質。反觀江美，長得矮小又個性自卑。也因為這個原因，跟今日香成為朋友時，江美簡直高興得想要手舞足蹈。每次跟今日香一起回家，都讓江美感到相當自豪。

不過，江美其實很受不了今日香一件事。今日香的個性過於直爽，說話從不拐彎抹角，她經常毫不客氣地指出江美的缺點或錯處，且句句正中紅心，有幾次都說得江美意志消沉，心情非常沮喪。但江美認為，今日香是把自己當摯友才坦誠以對，並無惡意，所以總把今日香的嚴詞厲語當成一種勉勵，化悲憤為力量。

至今江美仍忘不了今日香談起和歌與俳句的模樣。今日香的古典文學造詣極深，平時總是喜怒不形於色，然而說起和歌的魅力時，她的雙眸卻散發出閃亮亮的光芒。

「和歌其實沒有妳想的那麼難，人的心情與想法是無形的，所以古人才會將自己的心思寫成和歌，向別人傳達心意。」

「別人？」

「就是你想傳達心意的人啊，比方像跟父母、兄弟姊妹、朋友訴說心情，又或是跟上司捍衛自己的清白。這個對象也可以是無法交談的神佛，又或是亡者。有些人則是透過和歌向太太或單戀對象表達愛意。」

聽到這裡我忍不住笑了，因為今日香幾乎不談感情的事，實在很不適合說「單戀」、「愛意」這類詞彙。

「可是我還是覺得很難耶，和歌不是規定要有『枕詞』跟『掛詞』嗎？妳不覺得很複雜嗎？」

「才不難呢！只要把寫和歌想成是在送人禮物，就很好懂了。」

「送人禮物？」

「沒錯。送禮的時候都需要包裝不是嗎？用漂亮的包裝紙包起來、綁蝴蝶結、貼禮籤……和歌就是一種禮物，傳達心意可不能太過赤裸，所以才要用枕詞、掛詞、『沓冠』、『物名』等技巧加以修飾，要比喻的話，就像是暗號。」

「暗號？感覺好有趣喔！」

「很有趣對不對？妳知道『折句』嗎？」

「折句？」

「折句就是啊……」

今日香露出「正合我意」的表情，開始對江美說明什麼是「折句」。

折句是一種在和歌句首「藏頭」的文字遊戲。

唐衣　きつつなれにし　妻しあれば　はるばる来ぬる　旅をしぞ思ふ
（在原業平《古今和歌集》）

此為平安時代歌人——在原業平吟詠旅途心情的作品。但其實，裡面藏著沒有明說的旅途美景。把漢字轉為平假名、將濁音去掉，再把五句排開就很明顯了。

からころも（KaRaKoRoMo）
きつつなれにし（KiTsuTsuNaReNiShi）
つましあれは（TsuMaShiAReHa）
はるはるきぬる（HaRuHaRuKiNuRu）
たひをしそおもふ（TaHiWoShiSoOMoFu）

將每一句的句首合起來就是「かきつはた（KaKiTsuHaTa）」，補上濁音就成了「かきつばた（KaKiTsuBaTa）」，也就是「燕子花」。「燕子花」為鳶尾科植物，多於五、六月開在水邊。在原業平寫這首歌時日文已有濁音，但不會標示出來，讀者必須由前後文判斷是否要念濁音。業平在旅途中看到河邊盛開的燕子花，因而寫下這首歌。

但他並未直接寫出「燕子花」，而是藏在每一句的句首。這樣的寫作手法就稱為「折句」。

這首歌除了藏頭，還在句尾藏了旅途風景。將每一句的句尾反著念就是「ふるはしも（FuRuHaShiMo）」，寫成漢字就是「古橋（ふるはし）」和「藻（も）」。想必業平在寫這首歌時，眼前除了開在河邊的燕子花，還有河上的「古橋」與在河面搖曳的「水藻」。所以才會將這些美景藏在歌中。這種藏頭與藏尾的手法就叫做「沓冠」。其他較為人所知的和歌修辭法還有「枕詞」、「掛詞」，以及「物名」。

和歌的第一句和第三句皆為五個念音，而所謂的「枕詞」，就是在和歌的第一句和第三句中，加上「沒有實質意義的詞彙」來修飾特定的語句，藉此為作品增添情趣。簡單來說，就是「固定成套」的詞彙，像是「奈良」前面會加「AWoNiYoShi（あをによし）」，「母親」前面會加「TaRaChiNeNo（たらちねの）」，「神」前面會加「ChiHaYaBuRu（ちはやぶる）」。至於「掛詞」則是用同音代表異字，像是用「秋（Aki）」同時代表「膩（Aki）」，用「松（Matsu）」代表「等待（Matsu）」等，運用同音異義的詞彙來同時表達兩個意思。最後，「物名」是在句子中藏入跟和歌本身無關的詞彙，較知名的例子有〈荒船神社〉。

茎も葉も　みな緑なる　深芹は　洗ふ根のみや　白く見ゆらむ

（藤原輔相《拾遺集》）

這首和歌是在吟詠下述場景——將莖葉翠綠的水芹從土裡挖出來後洗一洗，就露出白色的根。

整首歌既沒有「船」，也沒有「神社」，跟標題的「荒船神社」有什麼關係呢？但其實，若將最後兩句寫成平假名，「荒船神社」就會出現了。

あらのふねのみや　しろくみゆらむ

（ARaNoFuNeNoMiYaShiRo，意爲「荒船神社」）

這就是和歌寫作技法「物名」——將跟內容完全無關的字詞藏在句子之中，為作品添加其他意義。

「古時候的人常會召開『歌會』，聚在一起吟詠和歌。和歌是將心情化作言語的禮物，交換和歌對古人而言就像交換禮物。像是寫感謝之歌送給恩人，又或是寫示愛之歌送給心愛的人，而收到和歌的人，必須設法解開對方隱藏在和歌之中的真心，過程就像拆禮物一樣。」

說到這裡，今日香的雙頰泛起兩朵紅霞。每每說起和歌，她總是判若兩人。

「今日香，妳真的對和歌好了解喔！為什麼妳會這麼喜歡和歌啊？」

「我也不清楚耶，應該是受到我爸的影響吧，小時候他經常教我和歌的知識。」

「也是！妳爸是國文老師嘛！」

雖然今日香有些異於常人，但在今日香的陪伴下，江美在學校快樂多了。

跟今日香交好約半年後，江美注意到自己成了被霸凌的對象。每每她跟同班女生搭話，她們都視而不見。原本她還可以忍受，因為除了今日香，她在班上本來就很少跟別人說話。然而有一天，江美發現自己的課本被人撕爛丟到垃圾桶。之後她的東西經常莫名失蹤，不但鞋櫃裡的鞋子不翼而飛，有時連生理用品都會不見。

江美其實很清楚，這些都是班上那群成績好、長得也漂亮的「優等女同學」幹的好事。有一次，她們甚至把江美叫到頂樓。

「妳憑什麼進到這間學校啊？」

「什麼意思？」

「妳能考上這裡根本就是奇蹟吧？有沒有搞錯啊？妳如果有自知之明，就應該早點退學。」

「妳不覺得自己是老鼠屎嗎？根本就在降低我們學校的格調，識相就給我趕快退學喔！」

「可是……」

正當江美想要反駁時，臉頰突然傳來一陣火辣。等她回過神來，才發現自己被其中一個女生打了一巴掌。

「不要打臉啦！被大家注意到就糟了！」

「也是。」

說完，另一個女生踢了江美一腳，痛得江美當場軟腳蹲下。緊接著，又是一陣痛打。

那天過後，她們對江美的霸凌愈來愈過分。幾乎每天都把江美叫到屋頂，對她惡言相向、拳打腳踢，逼她主動退學。班上沒有人願意對江美伸出援手，就連導師都假裝不知道。

這一切已讓江美到了忍無可忍的地步，她開始覺得或許那些人說得沒錯，她來到這個學校本就是一個錯誤。當時江美認為，自己只剩下退學這條退路。

一天的回家路上，江美鼓起勇氣向今日香說出了真心話：「我想要退學。」沒想到今日香聽到後連眉毛都沒動一下。

「妳打算逃避？」

「不是我想要逃避，而是我沒資格待在這間學校。」

「誰說的？」

「所有人都這麼覺得。大家都覺得我沒資格考這間學校、沒資格念這間學校……」

「少推卸責任了。自己的人生應該要自己負責！妳就是因為一天到晚說這種話，才會被那些人瞧不起。」

今日香的這席話惹怒了江美。

「妳根本就不懂！」此時的江美已是淚眼汪汪，「像妳這種聰明優秀、十項全能的人，哪懂我的心情？妳知道被大家排擠有多痛苦嗎？像這樣每天被嘲笑辱罵……如果我再繼續待在這間學校，總有一天會被搞死的！」

今日香緩緩停下腳步，用她那獨特的眼神看向江美。那雙眸子中看不出任何情緒，沒有憤怒，沒有悲傷，也沒有同情。

江美怒吼：「不用要那種眼神看我！其實妳也很瞧不起我對吧？妳打從心底覺得我是個蠢貨！」

今日香並未立刻回話，只是面無表情地看著江美。半晌，她終於開口。

「沒錯。我是很瞧不起妳……我一直都覺得妳很悲哀！」

這句話說得江美怒火中燒，當場甩頭離開。她頭也不回地向前跑，背後卻能感覺到今日香冷漠的眼神。

江美早就微微感受到今日香對自己的輕蔑，但今天聽到對方親口說出來，還是令她大受打擊。今日香跟其他同學根本就是一丘之貉，喔不，像她這種表面上跟人要好，私底下瞧不起人的雙面人行為，反而更加令人厭惡！

跟今日香鬧翻後，江美在學校完全被孤立，她已經沒有任何理由繼續留在這間學校。然而有一天，事情卻出現意外的發展。

「加藤，妳怎麼每次都是一個人？要我陪妳聊聊嗎？」

一名同班男同學突然跟江美搭話，他是學校的風雲人物，不但校排成績數一數二、父親是縣內頂尖企業的老闆，還長得很帥。他身邊總是圍繞著許多女生，以前從來沒有理過江美，那天卻突然主動跟她說話。江美一開始有些防著他，卻逐漸被他的關懷與溫柔打動，向他敞開心房。兩人愈來愈常一起聊天，江美找他傾訴自己遭人霸凌的事時，他也聽得非常認真。

「……原來如此，加藤妳應該很痛苦吧？霸凌是最差勁的行為，別擔心，我會勸退她們，不准她們再欺負妳。有我在，妳放心。」

「謝謝你。」

江美不禁熱淚盈眶，這是她一直以來所渴望的溫柔話語。過幾天，那名男同學告訴江美，他已經口頭教訓過那些女生了，她們也答應不會再欺負江美。

「她們已經在好好反省了，也很後悔傷害到妳。」

那天開始，江美的學校生活出現了一百八十度大轉變。

「優等女同學」親自跟江美道歉，並停止所有欺負她的行為。班上同學也彷彿什麼都沒發生過似的，紛紛主動跟她說話。江美還加入了那名男同學的小圈圈，午休跟放學後都跟他們聚在一起聊天。江美終於重回安穩的高中生活，這都是那名男同學的功勞。

今日香跟江美的情況則是完全相反，她在交友方面本就不怎麼積極，自從江美不跟她說話後，她總是孤身一人坐在教室的角落。江美雖然心裡很在意今日香，但並不打算跟她和好。第一，她現在在學校過得非常好，所以不想改變現狀；第二，她莫名有一種感覺，如果貿然跟今日香說話，可能又會被班上同學排擠。而且，今日香那句話深深刺傷了她，她至今仍忘不了今日香那雙充滿鄙視的眼神。

【沒錯。我是很瞧不起妳……我一直都覺得妳很悲哀！】

「她根本就不把我當一回事，我饒不了她！」江美當時只覺得恨透了今日香。

之後的一個星期天，那名男同學突然約江美出來，說大家在車站前的咖啡廳聊天，問江美要不要過來。

這是江美第一次在假日跟他見面，她特別精心打扮了一番，滿心期待地出門赴約。一進到咖啡廳，就看到一群人圍繞著該男團團而坐，那些都是他們的同班同學，其中也包括之前霸凌江美的那群人。因江美只看過他們穿制服的樣子，總覺得今天大家看起來特別成熟。這讓江美有些卻步，覺得跟他們有些格格不入。幸好那名男同學一看到她，就親切地跟她打招呼。

「加藤妳來啦？來！坐這裡！」他指著自己旁邊的位子說。

江美雙頰微微泛紅，坐到了他的身邊。他今天沒有抓頭髮，穿著米色Polo衫和牛仔褲。每每他對著江美笑，都讓她胸口小鹿亂撞，心撲通撲通地跳個不停。一開始，他們聊的都是熱門新書、音樂，以及學校的一些八卦。江美雖然對書跟音樂不太了解，但也聽得很高興。這是她第一次假日跟朋友約在這種地方，一切都是如此新鮮。漸漸地，他們開始說起老師的壞話還有同班同學的戀愛八卦，突然話鋒一轉，開始討論起今日香。

「我不喜歡她。」

「我也不喜歡！一副高高在上的樣子，她以為聰明就可以不合群嗎？」

女生們開始你一言我一語地批評今日香，只有江美沒有說話。

「對了，江美，妳之前不是跟她很好嗎？」一個女生問道。

「咦？嗯，是啊，算還不錯吧。」

「那妳覺得她這個人怎麼樣？」

「咦……」

江美一時語塞。見大家都在等她的回答，她也只好說了。

「我也不喜歡她，每次跟她說話，她都一副自以為是的樣子。」

「就是說啊！」女生們異口同聲。

一個男生說：「說到這個，我聽跟今日香讀同一所國中的人說，她爺爺好像為了搶錢殺了一個郵差，那傢伙身上流著殺人魔的血！」

「天吶！好恐怖喔！」
「有夠噁的！」
「我們學校怎麼會收那種人啊？」
「他們有好好查過嗎？」
「如果被人發現學生裡有殺人犯的子孫，會影響到學校的風評的！」
「對呀！」
「有什麼辦法讓她滾出去嗎？」
見一個同學雙手抱胸開始沉思，江美突然有種不好的預感。這時，一個男同學開口了。
「我想到一個好辦法。」
「快說快說！什麼辦法？」
「讓江美去跟學校舉發今日香霸凌她，你們覺得如何？」
「這個不錯耶！」
「這樣她應該會被退學！」
一開始江美還以為這只是黑色幽默，沒想到，每個同學都煞有其事地稱讚該名男同學，說他想出了個絕世好點子。
「江美妳覺得呢？很有趣對不對？」一個女生笑著說。

「咦？可是今日香又沒有霸凌我。」
「又沒差！反正妳不是很討厭她嗎？」
「咦？嗯嗯……」
不給江美考慮的時間，另一個女生接著說：「這麼簡單的事，妳應該辦得到吧。妳今天回家就跟爸媽說，妳在學校受到今日香的惡意霸凌，只要她還在學校一天，妳就不敢去上學。」
「咦？我還是覺得我辦不……」
「江美，我們是朋友不是嗎？」
說完，眾人冷冰冰地看向江美。江美不知所措，只好用眼神向身旁一直沉默不語的那名男同學求救。
只見他露出爽朗的微笑說：「這件事只有江美妳做得到。如果妳不照做，應該知道會有什麼下場吧？」
回家路上，江美的心情十分鬱悶。江美沒想到他們竟會提出這種要求，赴約時她滿心期待，最後卻是失落而歸。回到家後，她並沒有跟父母控訴今日香，因為她覺得那些人只是在開玩笑，喔不，她希望那些人只是在開玩笑。
幾天後，幾個咖啡廳的成員把江美叫到校舍後方，將她團團圍住質問道：「我們不是約好了嗎？妳為什麼沒有照做？」看來他們是真的想要誣賴今日香，把今日香趕出這所學校。江美在咖啡廳時確實答應了他們，但那只是情急之下的推託之詞，原本以為這件事應該會不了了之，沒想到他們會咄咄逼人到如此地步，發現江美遲遲沒有行動，竟然還來興師問罪，毫不給她敷衍的機會。江美不懂他們為何將今日香視為眼中釘，只知道自己若不照做，就會再度淪為班上的最底層，她不想再過回那種悲慘的生活了。漸漸地，江美開始覺得，陷害今日香好像也不是什麼難事。有一天她終於下定決心，向媽媽「全盤托出」——「我在學校遭到望月今日香惡意霸凌」。

後來，江美的父母親自來到學校告狀，校方也立刻叫今日香過來對質。其實，江美早已作好謊言被戳破的心理準備。今日香明明就沒有霸凌同學，卻被冠上這莫須有的罪名，不知道她當時心中作何感想？應該有為自己辯白吧？原本霸凌江美的那群女生也出來作了「偽證」，說自己是受到今日香的指使才幫她欺負江美。雖然不知道今日香有無捍衛自己的清白，總之校方最後相信了江美。

這件事情發生後，今日香在學校的地位跌落谷底。她成了過街老鼠人人喊打，沒人願意正眼瞧她，走到哪裡都有人對她惡言相向。不僅如此，常有人把她的東西丟到垃圾桶，體育服也被人剪得破破爛爛的。據說她常被學長姊叫出去圍毆，江美雖然沒有親眼見過，但有好幾次她都看到今日香臉上有傷，又或是跛著腳走路。

沒有任何人向今日香施以援手，就連老師也對這些行為視而不見。在那些人眼中，今日香是霸凌同學的惡劣主謀，處罰她儼然成了一種「正義」。江美不懂的是，為什麼今日香不設法為自己洗清罪名呢？她主張過自己的清白嗎？會不會她曾經主張過，但在那名男同學和其他同夥的挑唆下，沒有人相信她呢？其實，如果江美願意改口說出真相，或許就能拯救今日香的處境，但江美沒有勇氣這麼做。

即便在學校遭到這樣的對待，今日香仍然每天都來上學。每每看到今日香，江美都感到無地自容。今日香並未來找江美興師問罪，她甚至從未跟江美對上眼，只是一個人坐在教室的角落，她的存在對江美而言儼然成了一種處罰。

就這樣，今日香背上了「霸凌主謀」的莫須有罪名。現在回頭想想，這一切應該都是那名男同學的陰謀。他是名副其實的富二代，爸爸是當地大企業的大老闆，家裡捐了不少錢給學校，全校師生沒人敢違抗他。問題來了，他為什麼要大費周章地陷害今日香呢？江美後來才聽說，他曾經猛烈追求過今日香，但今日香連瞧都不瞧他一眼。在這間學校裡，沒有任何女生敢拒絕他的要求，今日香是他唯一無法隨心所欲操縱的人，她的冷淡傷害了他的自尊心，所以他才會惱羞成怒，由愛轉恨。

不知道他是從何時開始策劃這場計謀的？讓女生去霸凌江美，會不會也是計謀的一部分呢？還是說，他是在發現江美被霸凌後，才將計就計來報復今日香？無論如何，他的復仇計畫已大獲成功。

然而任誰都想不到，等著他們的竟是這樣的結局。

江美永遠忘不了那一天。放學後，江美一如往常在鞋櫃前面換鞋子，中庭突然傳來一陣騷動與尖叫聲。「發生什麼事了嗎？」江美走出中庭時，那邊已經圍了一群人。人群的另一頭，一灘鮮血正不斷流出，老師也急急忙忙地衝了過來。「不會吧……」她的心中充滿了畏懼，根本不敢看是誰倒在血泊中。

「好像有人從頂樓跳下來。」

「真的假的？是誰？」

「×班的望月今日香。」

聽到這裡，江美不禁全身僵硬，就這麼愣在原地。

她的雙腿開始顫抖，身體卻無法動彈。不知道在原地站了多久，江美使盡吃奶的力氣，轉身拔腿就跑，頭也不回地跑出學校，卻怎麼也逃離不了烙印在腦中的血泊畫面。跑出校門後不久，一輛鳴笛救護車迎面而來，那讓江美更加害怕，有如逃難一般與救護車擦身而過。

之後救護車將今日香緊急送醫，無奈已是回天乏術。一九九一年十一月二十日，望月今日香身亡——聽到這個消息時，江美打從心底感到畏懼，一股有如無底洞的罪惡感吞噬了她。她知道自己是害死今日香的罪魁禍首，若不是她受到男同學的挑唆，誣賴今日香霸凌，也不會發生這樣的憾事。江美所認識的今日香，是一個對什麼都不為所動的女孩，她萬萬沒想到今日香會走上絕路。

自那天起，江美每天把自己關在房間裡，再也無法踏進學校一步。她的父母極盡所能地安慰她，說今日香的死並非江美的錯，是她自己要霸凌江美，江美是遭她霸凌的受害人。「不，不是這樣的！她沒有霸凌我！」——好幾次江美都想要向父母說出實話，但每到關鍵時刻，她的腦中總會浮現那名男同學的身影，以致害怕地將真話吞回去。

「妳的朋友來看妳囉。」

一天，媽媽告訴江美有同班同學來找她，一問之下，竟是那名男同學和咖啡廳裡的同夥。

「叫他們回去。」江美打死也不想見到他們。

「怎麼啦？他們是因為擔心妳才來的。」

他們才不是因為擔心，就算擔心，也不是擔心我，是擔心他們自己。想也知道，他們是怕江美揭發真相才來的，一旦事情曝光，他們可就慘了。但是，江美沒有勇氣說實話，如果說出真相，她要怎麼跟父母、老師，還有今日香的父母交代？更何況……那些人也不知道會怎麼報復她。

一想到這裡，江美不禁覺得自己真是個無可救藥的蠢貨。都到了這個節骨眼還只想著自己。今日香外表高傲冷漠，內心卻比誰都率真。或許就是因為如此，今日香才無法接受江美這種個性吧。

「沒錯。我是很瞧不起妳……我一直都覺得妳很悲哀！」——今日香是對的，她說的一點都沒錯。我就是個愚蠢的卑鄙小人，但即便如此，今日香還是接受了我，願意與我當朋友。今日香是為了搖醒我這個不中用的朋友，才故意用嚴詞厲語來刺激我。只可惜，這樣的領悟已經太遲了。

之後江美離開學校，每天過著足不出戶的生活，直到今日香去世後一年多，她好不容易才萌生振作之心。然而，卻發生了那樣的事。

那天江美隨手拿起早報，讀到了一則報導。千葉縣柏市發生了一起兒童誘殺案，遭捕的嫌疑犯名叫「望月辰郎」——江美覺得自己好像聽過這個名字，「難道是……？」江美愈想愈不安，開始四處查詢這樁兇殺案。果然沒錯，殺死兩名幼童的兇手望月辰郎，就是今日香的爸爸。這到底是怎麼回事？為什麼她爸爸會做出如此兇殘的行為？有媒體指出，望月辰郎在獨生女自殺後，便對社會懷恨在心，所以才會犯下兇案。

江美的腦中亂作一團，再度陷入目擊今日香跳樓時的衝擊當中。因為她很清楚，自己就是致使今日香爸爸走上犯罪之路、殺害兩名無辜幼童的罪魁禍首。

她這才明白，自己的所作所為是何等可怕。這澆熄了她好不容易萌生的振作之心，精神狀況再次跌落谷底。江美以為，自己這輩子都無法說出今日香的死亡真相，保守這個秘密儼然成為她人生的重罰。她也曾經想過自我了斷，卻因為害怕而卻步。

今日香說得對，我是個愚蠢的卑鄙小人。沒錯，我是鬼畜，我背叛了唯一的摯友，將她逼上絕路，還害今日香的父親犯下重罪，奪走兩條無辜的年幼生命……

披著人皮的……鬼畜。

查明

隨著發車鈴響起，列車緩緩駛離仙台站的月臺。

晨間七點多，我坐在東北新幹線隼號[10]的車廂內。看了半晌窗外風景，我移開視線，整個人癱在椅背上。昨晚我在仙台市內的商務旅館住了一晚，卻翻來覆去睡不著，我想，大概是剛聽完加藤江美說完「真相」的關係吧。原本打算在新幹線裡睡一下，卻怎麼也無法闔眼。

她在信中提到的「重大錯誤」，是指我在報導中提到的「望月今日香是霸凌主謀」這件事。十三年前，我訪問望月今日香的同班同學田所亮平（在此沿用之前文章中的假名）時，他指稱望月今日香帶頭霸凌班上的同學，我也將他的證詞寫進了報導。然而昨晚加藤江美卻告訴我，該篇報導的內容完全顛倒了是非，今日香是受人誣陷，實際上並沒有霸凌同學。雖然這只是江美的片面之詞，但她是霸凌事件的當事人，實在很難想像她會說謊。

江美口中那名強迫她誣賴今日香的「男同學」，很明顯就是田所亮平。記得田所曾說自己在父親的公司上班，且那間公司是他們的家族企業，這些都與那名「男同學」的背景相符。當時田所在受訪時是這麼說的——

「雖然死者為大，這麼說或許多有冒犯，但簡單來說，當時望月將班上一名女同學視為眼中釘，不斷霸凌她。（中略）雖然也有幾個女生加入霸凌行列，但她們是以望月為首。」

（引用自本刊二〇〇二年刊登之文章〈鬼畜之森——柏市．小姊弟誘殺案——〉）

如果加藤江美所說為真，就代表田所在對我說謊。據江美所言，望月今日香並未參與任何霸凌行為，真正霸凌人的是田所手下的一群女生。如同我前面所強調的，江美是遭受霸凌的當事人，她沒有必要說這種謊。而且，當時我在報導中還寫了這麼一段話——

田所亮平在受訪結束後，介紹了幾個同班同學給我採訪。他們的說詞如出一轍，看來今日香真的是霸凌班上同學的主謀。

（引用處同前，強調處為新加之標記）

10. 日本東北新幹線的特快車班次名稱。

為了得到更多內幕，我後來又訪問了幾個今日香的老同學。這些人的聯絡方式都是田所給我的，不難想像當時他們早就已經「套好話」。田所之所以答應受訪，只是因為擔心自己做過的壞事曝光。他早就注意到今日香的爸爸所犯下的誘殺案，所以想探探我這位記者的「口風」，看媒體已知情到什麼程度。發現我還不知道真相後，他還編了謊言魚目混珠，讓我在報導內寫下「今日香是霸凌主謀」，利用我的報導替自己脫罪。看來，我必須再次聯絡他，跟他問個清楚。

不過，有件事我感到相當匪夷所思。為什麼望月今日香會選擇自殺？是因為受不了同學的謾罵與暴力嗎？還是想以死明志呢？事實上，昨天晚上我曾問過加藤江美這個問題，她的回答是：「我也不懂今日香為何要尋死。她很少顯露自己的情緒，外人很難看透她的想法。但就我對她的了解，她不是那種會因為受不了霸凌而自殺的女生。她的正義感非常強烈，簡直到了嫉惡如仇的地步。她之所以沒有主張自己的清白……或許是因為她爸爸的緣故。今日香受她爸爸的影響很深，她那異於常人的個性和獨特的美學，就是她爸爸培養出來的，之所以對和歌情有獨鍾，也是源自於爸爸的教導。所以……今日香選擇不洗刷冤屈、抱著冤屈死去，應該是受到爸爸的影響。但我實在不懂她為何要走上絕路，我想……我大概永遠都不會懂吧。」

霸凌事件被害人加藤江美說出了沉寂了二十四年的內幕，原來柏市小姊弟誘殺案兇手望月辰郎的獨生女——望月今日香並未帶頭霸凌過同學。這個真相確實令人驚訝，但遺憾的是，這跟望月辰郎的犯案動機並無直接關聯。無論今日香自殺的原因為何，她的死才是導致望月一家分崩離析的原因。我想釐清的，是望月辰郎殺害兩名無辜幼童的動機，以及誘殺案與向島案之間的關聯。

事實上，我從加藤江美那得到一個頗有意思的消息。

三年前，江美媽媽從櫪木縣老家，寄了一些江美的郵件和包裹給她。其中有一個上面沒有寫寄件人的小包，打開一看，裡面只裝了一本短歌雜誌，沒有信箋也沒有紙條。該本雜誌是《季刊和歌》的二〇一二春季號，上面刊登了望月辰郎在獄中寫的和歌，後來還因此遭到停賣下架。可想而知，江美看到望月寫的六首和歌時，腦中浮現的盡是今日香的身影。今日香愛和歌成痴，她的父親在伏法前，也將自己的詳細犯案過程寫成了鬼畜和歌……

即便今日香和她爸爸都已經不在人世……無論時光如何飛逝……都無法沖淡江美曾對今日香做過的卑劣行為，這讓江美感到無處可逃。

寄短歌雜誌給江美的究竟是誰？他為何要這麼做？

回到東京後，我打電話給田所亮平邀訪，距離上次與他聯絡已過了十三年。然而，田所卻以工作繁忙為由推掉了我的邀約。我不死心，試著說服他空出時間給我，他只回了一句：「能說的我都已經說了。」便掛斷電話。

既然軟的不行，我決定親自跑一趟櫪木，直接到他所服務的建商總公司找人。

從宇都宮鬧區到總公司約開車十五分鐘的距離。走入大樓後，我將名片遞給一樓櫃檯，表明我要見田所，但因為我沒有預約，所以櫃檯人員不肯幫我安排會面。在我的死纏爛打之下，他才幫我用內線打給田所本人。半晌，田所便下來大廳。上次見到他已是十三年前，只見他眉頭深鎖，外表跟以前比沒有什麼太大變化。如今他已經超過四十歲，左手無名指上的戒指閃閃發光，全身仍散發出一股百伶百俐的「優秀青年氣息」。

「傷腦筋耶，你怎麼會直接來我公司？你到底找我幹嘛？」

「抱歉，我來這裡只是想跟你確認一件事。我知道你很忙，我就不跟你客套、開門見山地說了。十三年前你接受我的採訪時，不是說望月今日香曾帶頭霸凌過班上的一名女生嗎？」

「是啊。」

「那是你編出來的謊言吧？」

聽到我這麼說，田所連眉毛都沒動一下，一副若無其事的樣子。

「不是啊，你在說什麼啊？」

「×××（加藤江美的本名）小姐已經把來龍去脈都告訴我了。」

聽到江美的名字，田所立刻變臉。我把江美說的內容向他重複了一遍——望月今日香並沒有霸凌江美，而是在一名男同學的威脅之下，才誣賴今日香是帶頭霸凌她的主謀。

「陷害今日香的，就是□□□□（田所亮平的真名）你對吧？」

田所用力搖頭否認。

「我聽不懂你在說什麼，而且她有證據嗎？都已經是二十幾年前的事了，你怎麼會相信這種毫無根據、憑空冒出的鬼話？」

「可是，如果×××說的是真話，就代表你在採訪時說了謊。這一點你怎麼看？」

「就說了我沒有騙你，你憑什麼相信她？證據呢？」

「就憑她是被霸凌的當事人，這難道還不夠嗎？」

「你不要太過分了，真是蠢斃了，拿這種幾十年前的事來煩我，浪費我的時間，我要回去上班了！」

田所說完，便快步離開了大廳。

是呀，都已經是幾十年前的事了，卻能令他大動肝火、驚慌失措。光憑這一點，就足以證明加藤江美說的都是真的。

不過，就像我前面說的，即便今日香並未霸凌同學，她的死還是將望月一家導向了毀滅之途，並讓望月對社會萌生恨意。望月是否知道女兒是被人冤枉的呢？如果知道，他又作何感想？還有，今日香為何選擇棄世而去？

無論如何，望月今日香並非霸凌的加害人。在此我要訂正前篇文章的錯誤，並致上深深的歉意。

疑惑

事隔十三年，我再次踏上柏市的土地。

我先是去了望月誘拐孩子的公園，公園內的景色一如往常，幾個年輕媽媽帶著孩子在公園玩，好不愜意。之後我去了被害人的老家，該區如今已是大樓林立的重劃區，我只在附近繞了一下後就離開了。我這次來柏市的目的並非走訪案發現場，而是想要調查某個「疑雲」。

離開重劃區後，我來到柏市的市公所和圖書館，查詢是否留有資料可供調閱。雖然沒有查到足以成為證據的資料，但公所為我引薦了一位名叫「S」的人士，據說他對當時的情況瞭若指掌。我立刻與他聯絡，他也答應了與我見面。

之後我來到柏市郊外的一塊住宅區。該區開發歷史久遠，環境相當幽靜。一路上大多都是傳統型建築，沒有什麼新房子。

S家是一棟高雅大方的透天厝，即便我來得有些早，他還是非常熱情地歡迎我。S留著一頭溫文儒雅的白髮，他在市公所服務多年，十年前退休後，現在和太太兩人一起享受老後生活。S領我到一間看得見院子的開放式客廳，在那兒接受我的訪問。

「你說的案子我記得很清楚，有兩個年幼的孩子無辜受害，真的很令人痛心。」

案發那年，S人在柏市的福祉中心服務。當時他認為某本資料可能與案情有關，便將該資料交給了警方。

「既然資料已交給警方，代表您現在手邊沒有資料了是嗎？」

「有喔，接到你的電話後，我到書庫去找了一下，發現我還留有一本相同的資料。就是這本。」

說完，他拿出事先準備好的東西。

「可以讓我看一下嗎？」

「當然可以。」

那是一本印製成冊的資料，因年代久遠，白色的封面已然泛黃。該資料題目為《千葉縣柏市・兒童虐待調查報告書》，是於一九九二年由柏市福祉中心製成，也就是誘殺案發生的一年前。

「請看標籤處。」

我翻到貼著藍色標籤的那一頁，上面寫著「柏市××鎮O家一案」。這份家庭報告書上指出，附近民眾懷疑這家人有虐兒嫌疑。以下是該頁面所記錄的街坊鄰居證詞——

——大家都管那間房子叫「虐待之家」。
——每天晚上那間房子都會傳出有如動物叫聲的高聲慘叫，那肯定是打小孩的聲音。
——那家孩子的臉上經常青一塊紫一塊的，我曾看過姊姊在安慰哭泣的妹妹。
——我聽朋友說，他們家明明沒有養狗卻有狗屋，聽說他們會將不聽話的孩子戴上項圈、關在狗屋裡。
——我家小孩去他們家玩時，曾在狗屋裡看到一個戴著項圈的裸體小女孩。

這些內容看得我啞口無言。

S輕聲說道：「這是柏市某個『虐待之家』的調查報告。就像你在資料上面看到的，大家都在謠傳，這家人經常好幾天不給孩子吃飯，不分日夜地對孩子施暴。我們福祉中心的人員曾去家訪過幾次，但對方都以身體不舒服等藉口拒絕讓我們入內。最後我們沒有找到虐兒的證據，調查也因此無疾而終。」

「這間『虐待之家』就是……」

「沒錯，就是誘殺案的被害家庭——小椋家。」

「也就是說，這份資料上面所寫的受虐兒童，就是誘殺案的兩名死者小椋須美奈和亘是嗎？」

「是的。」

聽到這裡，我不禁倒抽一口氣。多麼令人驚訝的消息啊！沒想到誘殺案的被害家庭，竟是鄰居口中的「虐待之家」。

十三年前雜誌刊出我的追蹤報導後，編輯部收到了不少讀者來信，其中一封就提到小椋一家很有可能對孩子虐待施暴。但因為該讀者並未具名，再加上每次報導兇案後，編輯部都會收到很多誹謗中傷被害人的來信，所以我們只當那封信是不實抹黑。不過，該指控還是在我心中留下了疑影，所以我才會藉著這次採訪的機會釐清真相。

「案發當時警察知道這件事嗎？」

「知道。我當時是因為覺得那家人很可疑，才把這本資料交給了搜查總部。不過當時兇手已經自首，所以警方沒當一回事。」

事情爆發時，媒體完全沒有提到虐待一事。我不確定媒體是否有掌握到這條消息，即便有，大概也很難下筆。畢竟兇手已經落網，小椋家在案件中是受害的一方。

S繼續說：「所以，聽到兇手落網的消息時，我簡直不敢置信。這實在太過偶然了，一名流浪漢竟在毫不知情的情況下，誘拐了兩名受虐兒並加以殺害。」

「……這或許不是偶然。那兩個孩子跟望月非常要好，說不定望月早就知道他們遭受父母虐待。」

「若真是如此，那兩個孩子就太可憐了。他們不但被父母虐待，最後還被人殺害……」

影印完那份資料後，我離開了S家，精神恍惚地走在路上。

沒想到小椋夫妻竟是虐待兒女的狠心父母……雖然我還沒有釐清狀況，但S說得沒錯，如果望月明知兩個孩子受虐還殺害他們，那他真的就是罪不容誅的鬼畜。

本次採訪我們得到了兩個消息——

●望月辰郎的女兒今日香並無霸凌同學，而是被誣賴後走上自我了斷。

●誘殺案的受害家庭在當地被稱為「虐待之家」，兩名死者很可能平常就遭到雙親的狠心虐待。

這兩件事代表了什麼呢？望月辰郎究竟為何犯案？

真是霧裡看花愈看愈花。原以為終於能夠釐清望月的犯案動機，卻再度走入迷宮之中。

日記

距重啟採訪已經過兩週。

前陣子，向島一家三口殺人案又傳出了新消息，首先我們來看看下面這篇最新雜誌報導——

《獨家取得作案日記——「向島一家三口殺人案」和「柏市誘殺案」所交織出的點與線》

相信大家都還記得今年四月十七日在向島一棟住宅大樓發生的一家三口殺人案，住戶小椋克司與妻子鞠子雙雙身亡，兩人的獨生女A子如今仍命懸一線。而三名被害人口中被人塞入短歌雜誌的內頁，上面印有死刑犯望月辰郎所做的「鬼畜和歌」。二十二年前的誘殺案讓小椋夫妻失去了一雙子女，該案兇手正是望月辰郎。望月辰郎不但奪走了兩條無辜的幼小生命，就連犯案後仍對小椋家恨之入骨。不過，望月辰郎已在四年前的二〇一一年遭到處決。既然望月辰郎已經不在人世，究竟是誰攻擊小椋一家？難道是望月辰郎從地獄復活了嗎？還是有誰繼承了望月的遺志與怨念才這麼做的呢？

本案可謂疑雲重重，經過抽絲剝繭，找到的卻是一個又一個的謎團。本刊從案發當時就不斷追蹤調查，本篇要為各位介紹本案的兩大進展，一是警方召開的搜查進度記者會，一是本刊取得的重大資訊，帶您直搗案件核心！

相信大家應該都在電視新聞或報章雜誌上看過記者會的相關內容了，以下是我們的重點整理。

※記者會是於向島警察分局，也就是本案的搜查總部舉行，與會者分別為第一搜查小組組長古田廉治和分局長桑名信三，會上主要問答如下——

（回答者皆為第一搜查小組組長古田）

古田：我們詳細調查了案發現場，驗屍結果以及三名被害人身上的防衛傷顯示，歹徒案發當時應該就在屋內，而非由屋外入侵。

——您說歹徒人在屋內，是指三名死傷者的其中一人嗎？

古田：案發當天，大樓住戶和附近居民都並未看見可疑人物。鑑識人員搜查後，發現屋內並無外人入侵的痕跡。種種跡象再加上驗屍結果，都顯示兇手應該人在屋內。

——您的意思是，兇手就在他們三人之中？

古田：沒錯。

——兇手是誰呢？

古田：目前還無法鎖定。警方目前正綜合案發現場、遺體、兇器等跡象進行判斷。

——可是，小椋克司死前不是曾對警方說過，自己是遭到男性歹徒襲擊嗎？

古田：克司先生已經死亡，我們不清楚他為何要那麼說。當時他已瀕臨死亡邊緣，傷口大量出血，意識也很不清楚，所以這段話可信度非常低。

——那為什麼他們口中有紙團呢？

古田：這一點目前仍在調查中。

——本案跟二十二年前發生的誘殺案有關嗎？

古田：這一點仍在積極調查中。

這無疑是本案的一大進展。兇手並非從屋外入侵，搜查總部判定兇手應為屋內人士，也就是三名住戶的其中之一。

但事情仍有幾個疑點，就像記者在會上問到的，如果兇手真是家裡的人，小椋克司為何要說自己是遭男性歹徒襲擊（雖然警方在會上表示該證詞不可信）？還有，如果兇手真在他們三人之中，那麼他就是先襲擊另外兩人後，將紙團塞入他們口中，再塞入自己口中。兇手為何要在口中塞入鬼畜和歌的雜誌內頁？他為什麼要做出這種詭異的行為？

犯案的究竟是死去的父母，還是生還的A子？無論如何，他們三人都身受重傷，這無疑是一場充滿腥風血雨的親子殘殺。二十二年前，望月辰郎殺了小椋夫妻的一雙兒女。二十二年後，小椋夫妻好不容易才走出當年的陰影，卻又遇到了這樁駭人的互殺慘案。他們家在那天，究竟發生了什麼事呢？

正當我們感到匪夷所思時，編輯部獨家拿到一份文件檔案。這份檔案可說是本案的破案關鍵，至於如何拿到的，請容我們之後詳述。以下就是該檔案的文書內容——

＊

【二〇一四年七月十五日】

我決定從今天開始寫日記。為什麼呢？因為我昨天遇到了一個令我有點開心的人。他對我很好，很關心我，跟他說話心情就莫名舒坦。這是我第一次有這種感覺。

【二〇一四年七月十七日】

跟他在一起就是莫名開心，心撲通撲通地跳個不停。

【二〇一四年七月三十一日】

他真的是很棒的人，說的話總能令我折服。跟他聊天時我總是滿心雀躍，彷彿世界出現了一百八十度大轉變。他為我絕望的生活帶來希望，給了我一道曙光。

【二〇一四年八月八日】

我好在意他的一舉一動，他的動作、笑容、手指的形狀、眼神都好完美。每天睡前我都會複習我倆的對話，享受那怦然心動的幸福時刻。

【二〇一四年九月一日】

身體還是好不舒服，全身有氣無力的。今天開學，不知道這個禮拜能否見到他。他是我唯一的希望。

【二〇一四年九月五日】

他人真的好好喔，他是那麼地懂我，對我的一切瞭若指掌。我想要他一直摸我……永遠不要離開我。

【二〇一四年九月十三日】

他說的話嚇到我了……這是真的嗎？未免也太可怕了！我嚇得魂不守舍，完全無心做正事。

【二〇一四年九月十四日】

我這才明白，原來世上真有披著人皮的惡魔。沒想到那個人說的都是實話，我要再一次詛咒自己的人生。

【二〇一四年十一月八日】

原來這個世界上有「鬼畜和歌」。他告訴我，那是用來詠嘆惡魔的詛咒和歌。

我聽他的話，反覆讀了那些和歌好幾次，結果腦中真的出現惡魔的身影，真是難以言喻的鬱悶。

【二〇一四年十一月九日】

他跟我說，這些詛咒和歌其實藏有別的意思，跟雜誌的釋義完全不同。聽他解釋完後我大吃一驚，全身顫抖不已。

【二〇一四年十一月二十二日】

我這才發現，原來憎恨和苦痛是環環相扣的。

【二〇一四年十一月二十三日】

我想了很多，那個人說得果然沒錯……但我真的好害怕，應該做不到吧……

【二〇一四年十一月二十六日】

真是個好方法，他真的好厲害喔。

【二〇一四年十二月十七日】

這是我第一次對「殺意」這個詞感到心動。

【二〇一五年一月二十日】

我懂了，原來要塞到口中。希望惡魔不要再度甦醒。

【二〇一五年一月二十一日】

我與他一起定了周詳的計畫。人生在世我第一次感受到，原來活著是一件如此美好的事。這是一場聖戰，惡魔即將滅亡。

【二〇一五年三月十五日】

我小心翼翼地執行計畫，只要照他說的做，就一定能成功。

【二〇一五年四月八日】

今天開學了。一想到執行日愈來愈近，我心裡又緊張又害怕。我好想見他，好想見到他的臉龐，想要他摸摸我，用力抱住我。

【二〇一五年四月十二日】

他給了我勇氣，相信計畫一定能如願進行。如今我信心滿滿，不會再懷疑自己了。只是，我擔心就算計畫成功，也無法完全根除惡魔……算了，總之現在只能祈禱一切順利，我想趕快看到他開心的表情……這是我唯一的願望。

＊

這些日記是在本案的唯一生存者——A子的筆電中發現的。這臺電腦就放在案發現場，也就是A子的房內。A子現在依舊處於昏迷狀態，人在東京的急救中心接受治療。這份日記檔案是記者在追蹤本案時，跟一名搜查相關人士取得的。

該名人士透露，警方查扣A子的筆電時，該檔案已被刪除。是在恢復刪除的資料後，才發現這份日記。也就是說，有人特意刪除了檔案。那個人可能不知道，檔案刪除後不會消失，仍存在電腦的硬碟裡。警方在辦案時，經常電腦查扣後復原檔案，作為犯罪的證據。

如果日記裡寫的是事實，那麼兇手很有可能就是A子。換句話說，十五歲的少女親手殺死了自己的親生父母。這是多麼衝擊的消息啊！她怎麼會做出弒親這種害人的行為？就日記內容來看，A子有如被望月詛咒了一般。難道說，A子身為誘殺案家屬的愛女，卻繼承了鬼畜死刑犯望月辰郎的怨念？

更令人毛骨悚然的，是A子在日記中提到的「他」。「他」設法接近A子，巧妙地將A子玩弄於股掌之中，甚至告訴她望月所寫的和歌。A子也彷彿墜入愛河一般，被「他」迷得神魂顛倒。

其中，我特別在意下面這篇日記——

【二〇一四年九月十三日】

他說的話嚇到我了……這是真的嗎？未免也太可怕了！我嚇得魂不守舍，完全無心做正事。

「他說的話」是指二十二年前的誘殺案嗎？想必小椋夫妻應該沒有告訴A子當時的事。當初他們為了擺脫痛苦的回憶，不但賣了房子，還換了工作，照理來說，應該不會主動跟女兒重提過去的陰霾。

然而，「他」卻把他們精心隱瞞的事告訴了A子，說她原本有姊姊和哥哥，只是在她出生前就被慘無人道的殺人魔帶走殺害。試想，一個十五歲的少女聽到這種事，會有什麼感受？

「他」是誰？為什麼要接近A子，又為什麼要告訴她二十二年前的案子和望月的和歌？「他」到底是用什麼方法操控A子，讓A子下定決心殺死親生父母？「他」究竟有什麼目的？

十五歲的獨生女竟寫下弒親的「作案日記」，更驚人的是，是有人對她洗腦，唆使她犯案。這為原本就疑點重重的向島一家三口殺人案，開啟了更加駭人聽聞的局面。向島一案真相究竟為何？跟二十二年前的誘殺案又有何關係？目前警方正全力搜查破案線索。只要有最新消息，我們都會立刻跟各位讀者報告。

（引用自《Weekly 7Days》二〇一五年九月二十四日）

上述報導指出，向島案的兇手很有可能就是唯一的生還者，也就是年僅十五歲的A子。而且A子可能是遭人洗腦，受到「他」的唆使才犯下兇案。

如果日記內容為真，「他」究竟是何方人物？就日記所示，A子對「他」極盡迷戀，對「他」言聽計從。「他」不僅對誘殺案的內情非常了解，還能解讀望月的和歌，最後甚至跟A子一同策劃弒親計畫。

二十二年前的「柏市小姊弟誘殺案」和「向島一家三口殺人案」——

這兩個案子的背後，似乎都藏有看不見的「第三者」。第一個，是將望月的獄中和歌寄給出版社的「投書人」；第二個，是將刊有望月作品的和歌雜誌寄給霸凌受害者加藤江美的「寄件人」；第三個，是刻意接近A子，操縱她殺害雙親的「他」。

這三個或許是同一個人。他很有可能是望月辰郎的狂熱信徒，繼承了望月的怨念才做出這一系列舉動。雖然現階段還沒有證據，但這個神秘人物肯定握有兩樁案件的關鍵。「他」的目的究竟為何？若能夠查出此人的身分，或許就能釐清兩件案子的來龍去脈。

我們彷彿在拼拼圖一般，逐漸拼出案件的真相。目前還缺少幾個拼片，其中又以下面兩片最為關鍵——

- 望月辰郎為何犯下誘殺案。
- 繼承望月遺志的「第三者」的真實身分。

讀完上述報導後，我很在意其中一篇「作案日記」。

【二〇一四年十一月九日】

他跟我說，這些詛咒和歌其實藏有別的意思，跟雜誌的釋義完全不同。聽他解釋完後我大吃一驚，全身顫抖不已。

望月的和歌其實「藏有別的意思」，聽完「他」的解釋後，A子全身不斷顫抖，受到很大的驚嚇。

這裡說的「別的意思」是什麼呢？其中是否藏有解開真相的拼片？為了釐清疑問，我們來看看望月所寫的六首和歌——

口吐鮮紅血　雌雄雙雙命終結　森林深淵處　勿滲純潔無垢白　死亡之色赤紅矣

此身化魔鬼　所經之路皆暗黑　直至今時日　支離散碎破鏡中　依舊映照地獄景

漂然浮溪面　無衣赤裸鮮花冠　稚子有何辜　啓程離世別生地　隨波逐流無影蹤

豎耳細聆聽　三途之川水潺潺　我聞猶憐愛　冥途綿絲純白淨　此世深受死色毒

姊姊臥地倒　奄奄一息仍呻吟　少女如蠟像　急火攻心舉手起　烏鴉劃過空中雲

夕陽漸西沉　天昏色暗薄暮冥　黑暗深淵處　若得奇形妖異花　願與詛咒草拌攪

獸鍥（望月辰郎）

隱藏在這六首和歌之中的「別的意思」究竟是什麼呢？

和歌有枕詞、掛詞、折句、沓冠、物名等多種修辭法。歌人有時會運用修辭技巧在文句中製作暗號、隱藏真意。望月的獨生女今日香，生前經常把這些「和歌技法」掛在嘴邊。據說她之所以對和歌情有獨鍾，就是受到父親望月辰郎的影響。望月辰郎是名國文老師，在和歌方面有很高的造詣，他會不會就是運用了和歌技法，將訊息藏在這些「鬼畜和歌」之中呢？送歌如送禮，必須運用各種修辭法將「真意」包覆其中。望月藏在歌中的「真意」究竟為何？他又是用了什麼方式，將訊息藏入「鬼畜和歌」之中呢？

我們先來看看「枕詞」。所謂的「枕詞」，是在和歌的第一句和第三句的五音文句中，加上詞彙來修飾特定的語句（像是「AWoNiYoShi（あをによし）」、「TaRaChiNeNo（たらちねの）」、「ChiHaYaBuRu（ちはやぶる）」等，詳情請參照〈檢證——第二十二年的真相〉中的「和歌」篇章）。但是，望月所寫的六首和歌中並沒有枕詞。

「掛詞」是用同音異義的詞彙來同時表達兩個意思（像是用「秋（Aki）」代表「膩（Aki）」，用「松（Matsu）」代表「等待（Matsu）」等，詳情請參照〈檢證——第二十二年的真相〉中的「和歌」篇章），望月的和歌中也未見這種技法。

「折句」是指藏頭，「沓冠」是指藏尾（詳情請參照〈檢證——第二十二年的真相〉「和歌」篇章中的「燕子花」一例）。以下是第一首和歌的平假名版本——

口吐鮮紅血（ちへどふく）
雌雄雙雙命終結（しゆうはてたり）
森林深淵處（もりのおく）
勿滲純潔無垢白（しろににじむな）
死亡之色赤紅矣（しいろのあかよ）

這首歌用「折句」和「沓冠」來看，句首由右往左讀是「ちしもしし」，句尾由左往右讀是「よなくりく」，都沒有特別的意思。

此身化魔鬼（おにとかす）
所經之路皆暗黑（へてはくらやみ）
直至今時日（いまもなお）
支離散碎破鏡中（わったかがみに）
依舊映照地獄景（じごくうつりて）

第二首句首由右往左讀是「おへいわじ」，句尾由左往右讀是「てにおみす」，也沒有特別的意思。

漂然浮溪面（かわもうく）
無衣赤裸鮮花冠（いはなきかかん）
稚子有何辜（せいのちを）
啓程離世別生地（たつことがなき）
隨波逐流無影蹤（ながれてはきえ）

豎耳細聆聽（みみすまし）
三途之川水潺潺（さんずわたしの）
我聞猶憐愛（ねがいとし）
冥途綿絲純白淨（まわたしのしょく）
此世深受死色毒（ざいせしのどく）

姊姊臥地倒（あねがふす）
奄奄一息仍呻吟（みなきみはいき）

少女如蠟像（ろうしょうじょ）
急火攻心舉手起（いのちにおこれ）
烏鴉劃過空中雲（てようやくもに）

夕陽漸西沉（くれゆくも）
天昏色暗薄暮冥（うすくたつきり）
黑暗深淵處（やみふかき）
若得奇形妖異花（ようかにあえる）
願與詛咒草拌攪（のろいぐさかな）

剩下的四首也都沒有藏頭和藏尾。

幾次碰壁後，我開始有些不安，這些和歌真的藏有「別的意思」嗎？

最後我們來看看和歌的最高技法——「物名」，也就是在句中藏入跟和歌本身無關的詞彙（詳情請參照〈檢證——第二十二年的真相〉「和歌」篇章中的「荒船神社」一例）。「物名」與「折句」、「沓冠」一樣，要解讀必須先將文句改為平假名。

ちへどふく　しゅうはてたり　もりのおく　しろににじむな　しいろのあかよ

おにとかす　へてはくらやみ　いまもなお　わったかがみに　じごくうつりて
かわもうく　いはなきかかん　せいのちを　たつことがなき　ながれてはきえ
みみすまし　さんずわたしの　ねがいとし　まわたしのしょく　ざいせしのどく
あねがふす　みなきみはいき　ろうしょうじょ　いのちにおこれ　てようやくもに
くれゆくも　うすくたつきり　やみふかき　ようかにあえる　のろいぐさかな

我睜大眼睛從頭到尾看了一遍，沒有找到有意義的詞彙。我不死心又讀了好幾次，卻還是讀不出望月的「真意」。望月啊望月，你到底在這六首歌中藏了什麼訊息呢？

沒想到……

仔細讀了好幾遍後，我終於找到了一條有意義的詞句。幾番聚精會神後，又找到其他幾句。這才發現，每首歌都藏有一句「有意義的詞句」，而且合起來是一段話。

以下就是我找到的「隱藏訊息」，請注意標記處——

ちへどふく　しゅうはてたり　もりのおく　しろににじむな　しいろのあかよ

おにとかす　へてはくらやみ　いまもなお　わったかがみに　じごくうつりて

かわもうく　いはなきかかん　せいのちを　たつことがなき　ながれてはきえ

みみすまし　さんずわたしの　ねがいとし　まわたしのしょく　ざいせしのどく

あねがふす　みなきみはいき　ろうしょうじょ　いのちにおこれ　てようやくもに

くれゆくも　うすくたつきり　やみふかき　ようかにあえる　のろいぐさかな

這些句子分別是——

「ふくしゅうは」

「おわった」

「いのちをたつことが」

「わたしのねがい」

「これでようやく」

「きようかにあえる」

這些句子合起來補上濁音後，就成了下面這段話。

——ふくしゅうは、おわった。いのちをたつことが、わたしのねがい。これでようやく、きょうかにあえる——

意思就是，「復仇終矣，只願命絕，終於可見今日香」（復讐は、終わった。命を絶つことが、私の願い。これでようやく、今日香に会える）。

日記裡寫的果真沒錯，望月的和歌中確實藏有訊息。只要使用「物名」解讀，即可讀出望月藏在六首和歌中的「真意」。

此外我還注意到一件事，那就是望月的筆名「獸鍥」。獸鍥的平假名寫作「けだもののなた」。

「けだもののなた」

「もののな」正是「物名」的片假名。也就是說，望月將「物名」這個解開暗號的關鍵藏在筆名之中。

從這些訊息可看出望月的犯案動機，他是為了復仇才作案，並渴求法院對他處以極刑，讓他可以早日死去。

這個事實令我相當吃驚。因為這代表著，望月辰郎之所以殺害兩名無辜幼童，只是為了被判處死刑。

望月在審判的過程中，確實也一心求死。望月死刑定讞後，他的律師曾接受媒體訪問，以下為報導的節錄內容——

望月是無工可做又無家可歸的街頭露宿者，我認為他是因為憎恨社會陷他於如此境遇，才犯下那樁殘忍的誘拐兇殺案，我也是這樣跟庭上主張的。但說老實話，我實在不懂望月為何作案。（中略）說不定，他自始至今都在求死。一審法官判處望月無期徒刑，檢方因不服量刑而提起上訴，望月對此判決同樣不滿，因為他希望法官判自己死刑。（中略）自從望月就讀高二的獨生女自殺後，望月的人生就跌落谷底，他失去了工作並淪落街頭，成為一名流浪漢。我猜想，他求的是一個死得其所，這樣他才能去與女兒團聚。因此，與其判他無期徒刑、留他一條命，他更希望被判死刑。

（節錄自××日報）

今日香被冠上「霸凌同學」的莫須有罪名後自我了斷。獨生女離開人世後，望月頓失一切，他開始埋怨這個社會。望月很想去找女兒團聚，卻不甘就這樣死去。他心疼女兒無辜，想要報復這個將女兒逼上絕路的蠻橫社會。所以他才決定到街頭流浪，虎視眈眈地等待復仇機會到來。之後他殺害了兩名無辜幼童，藉此誘殺案在社會上製造極大的恐慌。換句話說，殘殺幼童、盼處死刑對他而言除了是「復仇計畫」，也是「自殺計畫」。

這不禁讓人感嘆，望月辰郎真是個令人髮指的鬼畜，為了讓自己踏上死亡之路，竟然不惜殺害兩個天真的孩子……

遇害的小姊弟真是可憐，平常遭受雙親虐待不說，最後慘死望月手下。望月知不知道他們是受虐兒呢？他很可能早就知道實情，因同情兩姊弟的處境，覺得兩個孩子再這樣活下去也沒什麼意義，才決定終結他們的性命。

事隔十三年，彷彿被什麼牽引著似的，我再次追蹤這宗柏市小姊弟誘殺案。和歌中的訊息顯示，望月辰郎是個不折不扣的人皮惡魔。為了滿足自己扭曲的報復心、為自己爭取「死刑」，他殺了兩個年幼的孩子。直到二十二年後的今天，他的復仇仍未告終。那名誘騙A子，引她執行駭人弒親計畫的「他」到底是誰？鬼畜死刑犯望月辰郎的怨念繼承人究竟是何方人物？

我的追蹤報導到此結束，相信事情終有真相大白的一天。

（二〇一五年十月　橋本勳／採訪撰文）

◆ 年表 ◆

一九五〇年（昭和二十五年）　辰郎於福島縣某村出生

一九七四年（昭和四十九年）　望月今日香出生

一九八五年（昭和六十年）　小椋鞠子失蹤

一九八七年（昭和六十二年）　小椋須美奈出生

一九八九年（平成元年）　小椋亘出生

一九九一年（平成三年）　今日香跳樓自殺（得年十七歲）

一九九三年（平成五年）　「柏市小姊弟誘殺案」案發

一九九六年（平成八年）　千葉地方法院判處望月無期徒刑

二〇〇〇年（平成十二年）　A子出生

二〇〇二年（平成十四年）　〈鬼畜之森〉一文刊出

二〇〇四年（平成十六年）　東京高等法院判處望月死刑定讞

二〇〇八年（平成二十年）　《我當失蹤人口調查員的那些日子》出版

二〇一一年（平成二十三年）　望月辰郎伏法（享年六十一歲）

二〇一二年（平成二十四年）　《季刊和歌》春季刊出望月在獄中創作的短歌，之後遭到停售下架

二〇一五年（平成二十七年）　「向島一家三口殺人案」案發

〈鄰房的殺戮者〉一文刊出

〈檢證——第二十二年的真相〉一文刊出

◆編纂者的話◆

上面是我整理出來的《柏市小姊弟誘殺案》相關文章。

案件爆發後，不少報章雜誌都刊登了採訪特輯，這些都是我去蕪存菁後留下來的重點報導。其中，又以橋本勳記者在雜誌《流路》上發表的兩篇追蹤報導（〈鬼畜之森——柏市‧小姊弟誘殺案——〉及〈檢證——第二十二年的真相〉）最值得一讀。

我和這兩個案件有什麼關係呢？我是某間國立大學的教授，專業是臨床心理學，主要研究青少年犯罪的精神病理學，有時會幫警方輔導嫌犯。目前我正在治療向島案的唯一生還者——A子。

很多人不知道，A子已經恢復意識，不僅已脫離生命危險，也漸漸能開口說話，卻對當天發生的事絕口不談。因此，搜查總部才會拜託我對她進行輔導。

A子目前的狀態非常危險。她的心受了重傷，若不設法治好這些心傷，她很有可能就這樣封閉內心直到精神崩潰，更別提說出案件真相了。要挽救A子的內心，就必須先找出潛藏在本案背後的黑暗面。現階段我們仍無法斷定A子就是作案兇手，對日記裡的「他」更是毫無頭緒。

很明顯的，向島一案的起源可追溯到二十二年前的誘殺案，想必抽絲剝繭的線頭就藏在過去這樁案件之中。於是，我開始投身調查，四處蒐集相關報導資料。

即便結果證明Ａ子就是殺害父母的兇手，也不會動搖我想要救她的決心。Ａ子很有可能是遭人利用才犯案，而非基於自己的意願弒親。無論Ａ子是否作案，她都是二十二年前那樁血案所造就出的受害人，一出生就受該案所束縛。我將竭盡所能，幫助她回歸社會正途。

以下是本案的四個最新真相——

①望月辰郎的女兒今日香並無霸凌同學。

②二十二年前誘殺案的受害人家屬——小椋夫婦疑似虐待兒童。

③Ａ子是在「他」的唆使下擬定弒親計畫。

④望月的獄中短歌中有隱藏訊息，這些訊息正是他犯案的「真意」。

①與②取自橋本勳先生所寫的〈檢證——第二十二年的真相〉一文。那是他事隔十三年再度採訪柏市小姊弟殺人一案，精心調查出的真相。

得知今日香並未霸凌同學時，我的內心有如撥雲見日一般豁然開朗。為什麼呢？如果今日香是因為霸凌同學一事曝光才畏罪自殺，那麼望月對社會的恨意就只是無理取鬧。然而事實卻正好相反，今日香是被壞心的同學誣賴才自殺，這麼一來，就不難了解望月為何會對社會萌生恨意，以及他想對世人加以制裁的心情。不過，他最後沒有報復今日香的同學，而是對毫無瓜葛的無辜孩童痛下殺手。就這點而言，他的所作所為並不值得同情。

得知②「小椋夫婦疑似虐童」時，我的內心深受衝擊。望月是因為兩個孩子遭到父母虐待才殺害他們的嗎？還是只是剛好選中了兩個受虐兒？看到「虐待」二字，我腦中立刻浮現出〈妻子消失的緣由〉（節錄自海老名光博《我當失蹤人口調查員的那些日子》）這篇文章。該文記錄了調查員追查「M子」小椋鞠子行蹤的過程。調查員找到鞠子後，曾和她有過這麼一段對話——

「（前略）T會對我暴力相向，肯定也是我害的。最近我開始覺得，或許我就是為自己招來不幸的掃把星。」

「沒有那回事，妳很幸福不是嗎？有一個願意為妳全心付出的男人，還有一個這麼可愛的孩子。」

她沒有立刻回答，半晌才勉強開口。

「……也是。之後我打算跟O登記結婚，一家三口攜手過活。真的很謝謝你。」

（〈妻子消失的緣由〉　海老名光博　二〇〇八年）

這裡的「O」應該就是小椋克司。鞠子說她是自己的掃把星，T會施暴都是她的錯。

小椋家是街坊鄰居口中的「虐待之家」，將兩件事綜合來看，當時鞠子說的話其實頗有深意。這不禁令人猜測，當時鞠子是否也遭到小椋克司的虐待，因接二連三受到家暴，才會說自己是「掃把星」。下面這句話也相當可疑——

「沒有那回事，妳很幸福不是嗎？有一個願意為妳全心付出的男人，還有一個這麼可愛的孩子。」

她沒有立刻回答，半晌才勉強開口。

（同前，黑點為筆者標註）

鞠子為何要沉默？面對調查員的安慰，她在猶豫什麼？如果她真受到克司的虐待，這個反應就不難理解了。克司虐待的對象是否除了兩個小孩，還包括妻子鞠子呢？鞠子向調查員坦承孩子的爸爸是T，還說克司大方接受了這個孩子。這會不會是謊言呢？難道說，克司其實無法接受孩子並非親生骨肉，因而對鞠子和小孩施暴？這麼一來，一切就說得通了。

接下來我們來看看③。警方在A子的筆電中發現一份日記檔，文中不斷提到「他」這個人。這個唆使A子犯下弒親血案的「他」究竟是何方人物？個人認為，「他」很有可能就是將短歌寄給雜誌社、寄和歌雜誌給加藤江美的人。若能查出此人的身分，案情必能水落石出。遺憾的是，目前這個人的真面目仍是個謎。

再來是④，得知望月辰郎的和歌之中藏有犯案「真意」時，我感到震驚不已。

——復仇終矣，只願命絕，終於可見今日香——

由此可知，望月認為因為痛失愛女而遷怒整個社會，為了自我了斷才殺害兩名孩童。後來他如願被判死刑，如今已不在人世。望月的犯案「真意」令我怒不可遏，全身顫抖不已。

為了打開A子的心房，我四處蒐集這兩樁案子的相關報導和資料，一心想要查出真相。雖然如今案情尚不明朗，但看完這些報導後，有件事我是可以確定的——這些事情的背後，是一片惡意所形成的黑暗漩渦。

同學冤枉今日香霸凌的惡意，父母虐待孩子的惡意，望月辰郎不惜殺害孩童來求處死刑的惡意，「他」在暗中作梗的惡意……

「惡意」將這些事件有如千絲萬縷一般纏在一起，我們看到的不過只是冰山一角。但我始終相信，人心深處並非只有駭人惡意，我們有尊崇之心，有憐憫之情。無論如何，我都要解救A子，將她從環環相扣的惡意之中解放出來。

案件的真相依舊深藏在黑暗之中。但這些報導和資料都是非常重要的紀錄，對A子的治療必定大有助益。最後我要感謝辛苦追蹤案件的新聞工作者，以及願意讓我引用摘錄的各家出版社，謝謝你們。

二〇一五年十一月某日
編纂者　伊尾木譽

〈二〇〇三年六月五日——小菅〉

（轉載自網路某個人部落格）

2015-11-11 23:39:03

這是我第一次說出這件事。

距今十二年前，二〇〇三年六月五日，我去探視了一名死刑犯。嚴格來說，我當初並非「探視死刑犯」，因為我去見他時，他還沒被判死刑。但就結局而言，他確實被法院判死，並已遭到處決。

這位死刑犯名叫望月辰郎（時五十三歲）。一九九三年，他在千葉縣柏市殺害了兩名孩童後遭到逮捕（不知道這個案件的人可上網搜尋「柏市小姊弟誘殺案」和「鬼畜和歌」，即可找到詳細案情）。我在他判死的前一年去見他，之後他死刑定讞，並於二〇一一年伏法。

我不知道望月當時對我說的話是真是假，畢竟他已不在人世，真相已無從得知。但我認為，死刑犯生前所言多少具有參考價值，所以還是決定將這份對話公諸於世。至於真偽，就請各位自行判斷。

二〇〇三年六月五日，我來到位於東京都葛飾區小菅的東京看守所，至一樓櫃檯填寫「一般接見申請單」，要求探視被告望月辰郎。

只要被告尚未定罪，任何人都可申請探視，除非他身上有禁見令，又或是被告本人不願接見。就我所知，望月辰郎除了律師以外誰都不肯見，所以我當時覺得自己應該會被拒於門外。

一九九六年，千葉地檢署判處望月辰郎無期徒刑，後來檢方以量刑不當為由提起上訴。我去探視他時，二審審判正於東京最高法院如火如荼展開中。因死刑犯只能接見家屬和律師，若望月遭判死刑，要見他可就不容易了。所以在判決出來前，我無論如何都想跟他見上一面。

提交申請書後，大約等了十分鐘，櫃檯的人給了我一張號碼牌，上面寫著序號和探視樓層。得知望月被告願意見我，我心裡雖然意外，卻又有種「不出所料」的感覺。

半晌，櫃檯叫到我的號碼。我拿出紙筆後，將包包寄放在置物櫃，隨後通過金屬器探測門，搭電梯到指定樓層。

這是我第一次進到看守所，一顆心撲通撲通地跳著。工作人員看過我的號碼牌後，報給我接見室的房號。我沿著滿是瘡痍的走廊走到房前，緩緩地推開門。只見房間被一塊透明的壓克力板分成兩半，壓克力板中央開了許多小孔。房裡沒有人，只有兩張鐵管折疊椅。萬事俱備只欠東風，我坐在探視方的椅子上，等待望月的到來。

大約過了十分鐘，壓克力板的另一頭有腳步聲逐漸靠近。半晌，門開了，此時的我已緊張得坐立不安。

獄警帶著一名高瘦的男人走了進來。他身穿白襯衫，頂著一頭白髮，膚色白皙，深邃的五官看起來不太像日本人。在獄警的指令下，他彎下修長的身體，坐到折疊椅上。獄警告知我會面時間為十五分鐘。就這樣，我終於見到了望月辰郎。

「我在調查望月先生你的案件……之前我曾寄過好幾封信給你，可以跟你請教幾個問題嗎？」我主動向他搭話。

望月不發一語地看著我，他的眼神相當理智，毫無半點情緒。等了一陣後，望月終於開口。

「可以啊，你想問什麼都可以。」

「謝謝。」

接下來我開始訪問望月，當時的對話如下。

——因時間有限，我就不拐彎抹角了，若有得罪還請你多包涵。第一個問題，望月先生你為何要誘殺兩個年幼的孩子呢？請告訴我你的動機。

望月被告：「這個我在法庭上已經說過很多次了，就像我跟法官說的那樣。」

——你的審判紀錄我全都看過了。你在法庭上供稱自己是受惡魔控制、為了造成世人恐慌才選中這對姊弟犯案。但我實在無法理解你所主張的動機，你真的是因為這樣才犯案的嗎？

望月被告：「誠如我在法庭上所說，這是個充滿矛盾的愚蠢社會，我之所以選中這對姊弟，就是為了造成社會恐慌。」

——你是要對社會復仇是嗎？

望月被告：「你要這樣解釋也可以。」

——是什麼契機讓你開始憎恨社會呢？是因為令千金今日香的死嗎？今日香被人告發霸凌同學後自我了斷。你在法庭上曾說，女兒死後你對人生深感絕望，並開始對社會抱持恨意。這是真的嗎？

望月被告：「誠如我在法庭上所說，跟我女兒天人永隔後，我就對這個世界恨之入骨。我沒有保護好女兒，所以無法原諒自己，也無法原諒將她逼上絕路的這個社會。」

——無法原諒自己？

望月被告：「沒錯。我不准女兒說出真話，要她接受自己的命運。我告訴她，如果訴諸真相會傷害別人，那就只能自己承受痛苦，否則恨意只會環環相扣，永遠無法到頭。我女兒聽了我的話，卻因為耐不住痛苦，最後選擇一死。」

——訴諸真相？什麼意思？

望月被告：「這個你不用知道。今日香死後，我一直都在怪罪自己，也苛責這個將我女兒逼死的社會。流浪街頭的那段時間，我一直都在尋求制裁自己與這個社會的最佳方法。」

——你是指誘拐殺人嗎？

望月被告：「沒錯。當然我心裡是糾結的，《聖經》有一節寫道，主說：『伸冤在我，我必報應。』意思是，只有神才能讓惡人得到報應，我們絕對不可自行報復，也不可有報復之心，一切交給神作主，因為惡意的連鎖是沒有止境的。當初我也是這麼跟女兒說的。於是，我封印了心中那有如泉湧的復仇念頭，我相信神終有一天一定會對那些欺負我女兒、置她於死地的人揮下正義之鎚。至於我，等到見證天罰後再死也不遲。因此，我自甘淪為街頭露宿者，忍著耐著，卻遲遲等不到他們的報應。我開始埋怨這個世界的矛盾，神到底在做什麼？為什麼沒有制裁他們？既然如此，就由我替天行道，對這個社會投下恐怖與絕望的震撼彈。」

——這就是你作案的緣由嗎？

望月被告：「我背棄了神。當我看到那兩個可愛的孩子時，惡魔迷惑了我。我想讓他們的父母也嘗嘗痛失愛子的滋味，所以才殺死了他們。這一切都是為了復仇，為了報復這個將我女兒逼上絕路的社會。接下來我只要爭取死刑、等待法律制裁，計畫就大功告成，我也終於可以如願前往那個世界。」

——那兩個孩子與令千金的死毫無關聯，你真的做得出如此慘無人道的行為嗎？沒剩多少時間了，我就直說了吧，你怎麼看都不像會殺人的人，更何況對象是手無縛雞之力的孩童。其實那個案子不是你做的吧？殺害兩姊弟的另有其人……。

望月被告：「你想多了。誠如我在法庭上所說，是惡魔迷惑我犯案的。」

——已經沒有時間了！如果你再不說出真話，就會被法院判死刑並遭到處決。你就別再隱瞞了吧！

望月被告：「好，假設兇手另有其人，我為什麼要當別人的代罪羔羊呢？」

——我就是搞不懂這一點。但跟你面對面說到話後，我好像明白了。你沒有背棄神，也沒有被惡魔迷惑，你就老實說吧！你並未犯下誘殺案，你只是……

望月被告：「夠了，到此為止吧。是我殺了那兩個孩子，這樣我就能去和今日香團聚了。拜託別再阻撓我了，你沒有權利這麼做。我答應接見不是為了說這個。」

——求求你，把真相說出來吧。讓法院重新開庭，這樣你或許還能免於死刑。如果你做不到，就由我……

望月被告：「萬萬不可……拜託別再折磨我了。我犯了罪，也願意受罰。至少讓我對我女兒贖罪。今日香離開後，我的人生也就結束了。從那一刻起，我的人生就只剩下如何赴死。我現在身在前往補陀落的船上。」

——補陀落……

望月被告：「補陀落是一片極樂淨土，僧侶搭上屋船後，會請人從船外將門釘死，讓自己無法下船，然後在船上讀經直到沉船為止。我現在就在逐漸下沉的屋船上，一心想往補陀落前進。想必我女兒就在補陀落等我。我的補陀落渡海即將用最佳形式畫下句點，我也終於能夠如願以償。請不要再管我了，這麼做，只會讓我無法抵達補陀落，這樣我就見不到我女兒了。」

——這樣實在太荒謬了。你明明什麼都沒做，為什麼得受罰？

望月被告：「錯了，我有罪。我沒有好好保護我女兒，所以我埋怨、詛咒、憎恨這個社會，這確實是事實。希望你別再阻撓我了，拜託。」

獄警宣告會面時間已結束。

被告看都不看我一眼便起身準備離開。看著他的背影，我忍不住向他說道：「那個……真的很謝謝你。」

離開時，望月被告回過頭，用他充滿慈愛的眼神看向我。

「能見到你我也很高興。只要你活得健康快樂，我別無所求。」

說完，他皺起眉頭微微一笑。聽到這裡，我已是淚流滿面，只能不斷對著他的背影鞠躬行禮。

追記

伊尾木譽（二〇一五年十二月）

距我寫下〈編纂者的話〉這篇文章已過了一個月。

雖然A子的情況並不樂觀，但經過了重重調查，我新釐清了幾個狀況。

首先是「他」的身分，也就是教唆A子犯罪的那個人。就種種跡象來看，「他」很有可能就是跟望月辰郎通信、將「鬼畜和歌」寄給短歌雜誌、將雜誌寄給加藤江美的人。之前我推斷他應該是支持重大刑犯的望月信徒，繼承了望月的怨念才不斷在暗地作梗。

然而，因我怎麼查都查不到這類可疑人物，這不禁讓我思考，會不會有別的可能性呢？比方說，這個人會不會是望月的至親或好友？望月被捕時已流落街頭，幾乎跟所有親戚都斷了往來。唯一可能做這件事的，就是望月的前妻。兩人於誘殺案發生的兩年前一九九一年離婚，之後會不會還有聯絡呢？（因雜誌投書上是寫「請不要公開小弟我的姓名」，所以我一直以為投書人是男性，但也有可能是女性用來魚目混珠的手法。）

不過，根據搜查總部的調查，望月的前妻跟他離婚十一年後，已於二〇〇二年因病去世。雜誌編輯部是於二〇一二年接獲投書，A子則是在去年（二〇一四年）七月才遇到「他」，所以這兩件事不可能是望月前妻做的。為了保險起見，我特地去了一趟她的戶籍地公所詢問，得知的結果是她確實已病死無誤。那邊的人告訴我，她後來在當地的高中教書，並未梅開二度，就這麼孤獨結束一生。

此外，我釐清了一個重要的事實。

重讀我編纂的那些報導時，有一段記述令我相當在意。一名記者在追蹤向島一家三口殺人案時，曾訪問到《季刊和歌》的撰稿人草野陽子，裡面有一段是這麼寫的——

「被害人家屬有向出版社抗議嗎？」

「有。其實那篇文章是上集，還有另外幾首短歌要在下集才介紹……但因為家屬抗議的關係，下集還來不及寫，上集那本就被下架了。現在回想起來，我當初實在太輕率、太莽撞了，竟沒有想到這篇文章是在家屬的傷口上撒鹽，對此我深感抱歉。」

（〈鄰房的殺戮者——向島一家三口殺人案〉節錄自月刊《案件》二〇一五年八月號

強調處為新加之標記）

草野陽子表示，鬧出下架風波的文章只是上集，原本預計要在下集介紹另外幾首短歌。這裡的「另外幾首短歌」是指其他死刑犯的作品嗎？還是望月辰郎創作的其他短歌呢？

事不宜遲，我立刻查到草野陽子的手機號碼，打了通電話給她。原以為草野小姐會回絕我，沒想到她相當樂意回答我的問題。畢竟我不是記者，而是被害人的心理輔導師，她的態度還是有差的。以下是我與她在電話中的對話——

伊尾木：「您在採訪時說該篇文章只是上集，原本要在下集介紹另外幾首歌，請問是要介紹其他死刑犯所創作的短歌嗎？」

草野：「不是的，是要介紹望月辰郎的短歌。」

伊尾木：「您的意思是，望月寫的短歌其實不止六首嗎？」

草野：「沒錯，當初投書人提供了十首短歌，但編輯部決定只先介紹六首。」

伊尾木：「為什麼呢？」

草野：「說來難為情……因為我們認為『死刑犯和歌』這個主題頗具話題性，只寫一篇太過可惜，所以才想分成上下兩集，上集介紹六首，下集就是四首。結果出版後受到輿論撻伐，還鬧出下架風波，下集也就這樣不了了之了。」

我作夢也沒想到，望月辰郎的和歌居然有十首！

伊尾木：「我想知道那四首和歌寫了什麼，請問您有那封讀者投書嗎？」

草野：「我手邊只有影本，我可以寄過去給您。」

幾天後，我便收到草野小姐寄來的信。裡面裝了數張影本，包括投書人寄給編輯部的信封、內文，以及望月寫的和歌。

我拿起唯一一張的和歌影本，望月的字跡整齊，筆力強勁，且上面確實有十首和歌。下面就是當初雜誌未刊出的四首和歌——

牢獄鐵格柵　日久相望心生厭　腦中唯仇念　獄窗望外常春藤　心中盡是恨與怨

亡童合梳篦　軀體髮膚頭腳處　淨化脫塵污　地獄審判嗜血神　屍橫遍野身疊身

邪眼邪目光　手出拳打止不住　纖皮柔體膚　摩擦受創血滲出　手中小童氣已無

僵舌從口出　眼前光景如奇術　硬如紅牌木　四只眼眸已得樂　終得離苦遠痛楚

草野小姐隨信附上她對這四首和歌的解說，據她表示，這些都是她原本要放進下集的內容。

牢獄鐵格柵　日久相望心生厭　腦中唯仇念　獄窗望外常春藤　心中盡是恨與怨

這首歌是在描寫他在監獄裡等待死刑到來的心情，「仇念」是指望月內心的復仇之念。

整首歌的意思為：「我盯著看著牢獄的鐵格，看到都膩了，腦中的復仇之念還是揮之不去，就是無法忘懷。就連看到獄窗外的常春藤，也感到非常怨恨。」

亡童合梳蓖　軀體髮膚頭腳處　淨化脫塵污　地獄審判嗜血神　屍橫遍野身疊身

這首歌吟詠的應該是望月剛作完案的情景，這裡的「亡童」想必是指姊姊的遺體。整首歌意思為：「幫死去的孩子梳頭時我心想，之後她的全身上下終將獲得淨化。看到眼前屍橫遍野我終於明白，這是一場嗜血神明所下達的地獄審判。」

邪眼邪目光　手出拳打止不住　纖皮柔體膚　摩擦受創血滲出　手中小童氣已無

望月是將四歲的弟弟毆打致死，這首歌應該就是在描寫當時的情形。此外，望月聲稱自己是因為聽到惡魔的聲音才犯下兇案，這裡的「邪」很有可能是指附在他身上的惡魔。不難猜想，望月寫這首歌是在替自己辯護，將犯行全數推給惡魔。一想到他殺了兩個孩子還想替自己脫罪，我就感到怒不可遏。

僵舌從口出　眼前光景如奇術　硬如紅牌木　四只眼眸已得樂　終得離苦遠痛楚

這首歌應該在描述望月殺害六歲姊姊時的情景。望月掐住女孩的脖子時，她痛苦地吐出了舌頭，舌頭有如「紅木牌」一般逐漸僵硬。女孩舌頭的變化讓望月覺得自己有如在變魔術。小姊弟遭殺害後，兩雙小眼睛直盯著望月瞧，那眼神已離苦得樂。

望月在獄中，將自己詳細的犯案過程寫成了「鬼畜和歌」。

且這些和歌不止六首，還有另外四首。

草野小姐告訴我，當初雜誌決定刊登這些和歌時，總編輯特意變換了和歌順序。實際上的和歌順序如下——

此身化魔鬼　所經之路皆暗黑　直至今時日　支離散碎破鏡中　依舊映照地獄景

漂然浮溪面　無衣赤裸鮮花冠　稚子有何辜　啓程離世別生地　隨波逐流無影蹤

豎耳細聆聽　三途之川水潺潺　我聞猶憐愛　冥途綿絲純白淨　此世深受死色毒

口吐鮮紅血　雌雄雙雙命終結　森林深淵處　勿滲純潔無垢白　死亡之色赤紅矣

牢獄鐵格柵　日久相望心生厭　腦中唯仇念　獄窗望外常春藤　心中盡是恨與怨

亡童合梳篦　軀體髮膚頭腳處　淨化脫塵污　地獄審判嗜血神　屍橫遍野身疊身

邪眼邪目光　手出拳打止不住　纖皮柔體膚　摩擦受創血滲出　手中小童氣已無

姊姊臥地倒　奄奄一息仍呻吟　少女如蠟像　急火攻心舉手起　烏鴉劃過空中雲

僵舌從口出　眼前光景如奇術　硬如紅牌木　四只眼眸已得樂　終得離苦遠痛楚

夕陽漸西沉　天昏色暗薄暮冥　黑暗深淵處　若得奇形妖異花　願與詛咒草拌攪

獸鍥（望月辰郎）

也就是說，當初雜誌不僅將和歌切成六首與四首，就連順序也換過。

望月辰郎將其殘忍的犯案過程寫成了十首和歌。橋本勳記者則在〈檢證——第二十二年的真相〉一文中提到，望月在六首和歌中藏了這樣的訊息：

——復仇結束了，只願命快絕，即可見到今日香——

另外四首歌，會不會也有訊息隱藏其中呢？

經我查找一番後……

果然是有的。

望月在這四首歌中也藏了字句。將這十首歌的「隱藏訊息」合在一起後，我不禁瞠目結舌……

我這才明白，我從頭到尾都想錯了。

這麼說來，之前我在讀〈妻子消失的緣由〉時，就覺得裡面有些地方怪怪的，在整理年表時怎麼對都對不上。本來還以為是作者筆誤，原來這些時間上的差距，才是解開真相的重大關鍵。

之後我全力追查時間差距與十首和歌中的秘密訊息，終於找到兩宗案件的核心人物。事情的來龍去脈，且聽我娓娓道來。

＊

二〇一五年十二月某日——

我開車沿著常磐高速公路往福島前進，下了磐城湯本交流道後，又繼續開了約十分鐘，來到JR常磐線的湯本站。這座車站附近是溫泉區，處處可見伴手禮店和餐廳。

福島縣的磐城湯本溫泉歷史悠久，最早可追溯到奈良時代。這裡自古就是「溫泉療法」的勝地，江戶時代發展為陸前濱街道[11]上的一個熱鬧驛站。明治時代後，這裡開始採煤礦，因溫泉不斷從礦坑外漏，導致溫泉接連關閉。第二次世界大戰結束後，隨著煤礦業逐漸沒落，磐城湯本「重操舊業」，再度發展成溫泉鬧區。在那個娛樂設施還很少見的年代，這裡就開了溫泉主題樂園——常磐夏威夷中心（常磐ハワイアンセンター），也就是現在的「常磐夏威夷度假村（スパリゾートハワイアンズ）」。一九八八年，常磐高速公路開通磐城中央交流道後，觀光客就不斷從首都圈湧入。如今磐城湯本溫泉已成為日本東北地區數一數二的繁榮溫泉區。

我沿著車站前的馬路往前開，不久便到達今天的目的地——一棟位於溫泉區外、外

11. 日本古時的街道名，相當於現在的東京都荒川區到宮城縣岩沼市。

型簡樸的木造公寓。

夜色已黑，時間已是晚間七點多。我在公寓外繞了幾圈後，把車停在一個不起眼的空地。這裡從駕駛座可看到公寓的外廊，我往二樓邊間看去，屋裡沒有開燈，看來住戶還沒回家。我決定在車上等目標回來，期間有不少人走進公寓，帶著孩子的主婦、身穿西裝的中年男子、彎腰駝背的老人……就是不見目標出現。

約莫等了一個鐘頭後，外頭開始下雨，雨水滴滴答答地打在車窗上，遮擋了我的視線。我傾著身子，目不轉睛地盯著被雨水模糊的外廊燈光。

隨著時間愈來愈晚，走動的住戶也愈來愈少。我趴在方向盤上繼續「站崗」，過了九點後，幾乎已經沒有住戶進出。就在這時——一個撐著傘的女人走了過來，她穿著深藍色的登山外套和牛仔褲，快步爬上公寓二樓，走到邊間的門前。我見狀，趕緊靠近車窗看個清楚。只見她把傘收好，從肩上的大托特包中拿出鑰匙，開門進到屋裡。因外頭下著雨，我看不清她的長相。雖然我很想衝下車直接跟她問個清楚，但最後還是忍了下來。先看看狀況吧，反正她已是囊中之物，沒什麼好著急的。

從那天起，我每天都開車到公寓附近，觀察該女的行動，就像警方或私家偵探在跟監一樣。老實說，我從未做過這種事，是為了調查她才逼不得已這麼做。幾天下來我發現，她是一個人住，其間沒有任何人去家裡找她。我也曾尾隨她去上班，她在車站附近的一家觀光旅館打工，但她是清潔人員，而非櫃檯人員。每個排班的工作時段不同，她大多都是晚上十點左右下班，買個東西就直接回家。其他時間她幾乎足不出戶，一直關在屋裡。

跟監她幾天後，我已大概掌握她的生活形態，是時候該跟她攤牌了。

這天晚上，我把車子停到車站附近的計時停車場。之後我走到她上班的旅館，找了個不起眼的地方，站著等她下班。十點多時，她走出旅館，身穿同一件深藍色登山外套，肩上背著大大的托特包。我跟在她的後方，走在車站附近的溫泉區街上，沿途她的馬尾不斷左右搖擺。走到人比較少的地方時，我鼓起勇氣叫住了她。

「不好意思，妳是×××小姐對吧？」

她停下腳步回過頭，訝然看著我。

「我是。」

「我是之前寄信跟電子郵件給妳的那個人，可以跟妳談談嗎？」

聽到這裡，她不發一語甩頭就走。我急忙追上前。

「我一直在找妳，麻煩妳跟我談談好嗎？不會打擾妳太多時間。」

她沒有回答，自顧自地快步往前走。我也加快了腳步，生怕被她逃走。

「拜託妳，真的一下下就好。妳知道今年四月在東京向島發生的一家三口殺人案嗎？」

「不知道。」

「不可能，妳一定知道。」

「我真的不知道。」

我一個箭步擋住她的去路，惹得她一臉不耐煩。現在是晚上，又在溫泉區，路人紛紛對我們投以異樣的眼光。他們大概以為我是個死纏爛打的搭訕男吧，但我無所謂。

「就像我在電子郵件裡面寫的，有人會因為妳說出真相而獲救！」

「你不要太過分了喔！不要再纏著我了！」

「拜託妳告訴我。」

「你再這樣我要報警囉！」

「我是無所謂，但妳可就麻煩了吧？」

她沒有回答，繼續走了一陣子後，嘆了口氣停下腳步。

「你是在威脅我嗎？」

「不是的，我只是想跟妳談談。」

「真拿你沒辦法，好，我就跟你談。談完你就不會再煩我了吧？」

「當然。」

她勉為其難地答應了我。因在路邊站著說話有點不方便，我們決定到公車站牌旁的長椅上坐著談。她帶我前往站前馬路上的公車候車亭，因最後一班車已經開走，長椅上並沒有人。我請她先坐下，率先打破沉默。

「不好意思，謝謝妳願意願意配合。」

「還請你長話短說。」

「好的。」

我跟她保持距離，坐到了她的左方。這是我第一次與她面對面，她的鼻梁高挺，沒化什麼妝，身上也沒戴飾品，左眼下方那顆米粒大小的黑痣令人印象深刻。我知道她幾歲，她看起來比實際年齡要稍大一些。

「妳應該知道今年四月十七日在東京向島發生的案子吧？就是那椿一家三口遇襲的兇案，父母死亡，女兒××（A子的真名，之後以「A子」代稱）重傷送醫。之後警方找到A子的日記，發現她在日記裡寫了弒親計畫，現在媒體懷疑她就是犯案兇手。」

她閉口不語。

「A子昏迷了好一陣子，好不容易撿回一條命，現在也已恢復意識。啊對了，忘了自我介紹，我姓伊尾木，目前在大學做臨床心理學的研究。」我遞出名片。

她先是遲疑了一下，才認命地接過名片。

「我之前有寫信給妳……但我想妳可能沒有看。警方委託我幫A子進行輔導，她沒有生命危險，但那件案子對她造成很大的心理陰影，留下嚴重的心理後遺症。現在A子不願意對任何人敞開心房，再這樣下去，她很有可能會精神崩潰。要救她的唯一辦法就是釐清案件真相，我之所以投身調查，就是為了救她。」

「你的意思是，這件案子跟我有關？」

「是的。A子在日記裡提到了一個人。那個人巧妙地控制了A子的心智，唆使她擬定弒親計畫。我認為那個人就是妳。」

「我？怎麼會是我？你認錯人了吧！」

「不，我很確定就是妳。」

「我又不認識她，為什麼要做這種事？你胡說八道也要有個根據吧！」

「根據？」

「對。你有證據證明我就是那個人嗎？」

她第一次正眼看我，眼神充滿了挑釁，氣勢強到幾乎要把我震懾住。

「不好意思，老實說，我沒有證據。」

「我想也是。既然如此，我跟你就沒什麼好說的了。」

說完，她把名片還給我，起身準備離開。我急忙叫住她。

「不是的！等一下！聽我把話說完！我沒有妳對A子思想控制的證據，但我很確定妳跟這件案子有關。」

她再度嘆了一大口氣。

「什麼意思？」

「向島案死亡的夫妻，在一九九三年的柏市誘殺案中失去了兩個孩子。該案就是向島案的開端。兇手望月辰郎已於四年前伏法，如今已不在人世。望月死刑定讞的前一年，妳曾去東京看守所探視過他吧？」

「我？」

「沒錯，而且妳還將與望月對話的內容寫在部落格上。」

見她沉默不語，我繼續把話說完。

「我有妳探視望月辰郎的證據。警方調出當時望月在東京看守所的接見紀錄，上面有妳的名字。這是千真萬確的事，我幫警方做事，所以拿得到這些資料。妳是在十二年前的二〇〇三年六月五日去探視望月的，所方還留著妳當時的住址、年齡等個人資料。望月在行刑前只有見過兩個人，一個是律師，另一個就是妳。」

她不置可否，什麼都沒說。

「去看守所探視殺人犯需要很大的勇氣吧？但妳非去見望月不可。因為如果死刑定讞，一般民眾就不能申請接見了。」

我在來到磐城的一個月前，曾讀過一篇名叫〈二〇〇三年六月五日——小菅〉的文章。這篇文章刊登在網路上的匿名部落格，文中記述了格主到監獄探視望月的過程與對話（順帶一提，該部落格在發布這篇文章後就立刻關閉，現在已經看不到了）。

兩人見面的隔年，望月辰郎便被法院判處死刑。這篇文章的作者是誰、對話內容是否為真都不得而知。唯一能夠確定的是，二〇〇三年六月五日那天真的有人到看守所探視望月。我們查過申請單上的名字，是一名跟案件毫無關聯的女性。但從部落格的內容來看，她似乎跟這兩件案子淵源很深。

「探視望月辰郎的人，應該就是對A子進行思想控制的人。還有，望月在伏法前曾在獄中寫了幾首和歌。這些作品被大家稱為『鬼畜和歌』，內容相當嚇人。有人將這些和歌寄給了雜誌出版社，我認為，這名投書人就是望月在看守所接見的人。」

「你是說我就是那個人？」

她的聲音聽起來很不耐煩。

「沒錯。我在調查這個案子時，讀了幾篇追蹤報導。我發現妳在裡面出現了好幾次，這才確定真的有妳這個人。」

沒錯。這件案子一直都有人在暗地作梗，那個人寄和歌給出版社、寄雜誌給江美、唆使A子犯案，還去探視望月。為了查清這個人的身分，我反覆讀了好幾次追蹤報導，才終於發現「她」的存在。

「假設我真是你在找的那個人……你想怎樣？」

「我希望妳能說出實情，告訴我柏市誘殺案和向島殺人案的真相……這樣我才能夠解救A子，幫助她擺脫這兩樁案件的束縛。告訴我，妳為什麼要接近A子？為什麼要唆使她弒親？妳到底有什麼目的？」

聽到這裡，她原本緊繃的表情瞬間放鬆不少，甚至流露出一點笑意。

她緩緩起身說：「好吧……既然你這麼想知道，我就告訴你吧。不過，你要答應我一件事。」

「什麼事？」

「你說你想要救那個女孩。如果真是我教唆她殺人，你作何感想？會恨我嗎？」

我沒料到她會問這種問題，令我有些不知所措。

「感想啊……這要等聽完才知道。」我小心翼翼地選擇用字。

「那我換個方式問好了。如果我把真相告訴你，然後你覺得我很可恨，你願意殺了我嗎？」

「妳在胡說八道些什麼東西？」

她臉上的笑意更濃了，原本蒼白的臉龐也變得紅通通的。看來她是在跟我開玩笑，想看看我有什麼反應。

「好吧，我就告訴你吧。你說得沒錯，我就是A子日記裡寫到的、唆使她殺害父母的人。」她浮現一抹微笑，「大約兩年前開始，我經常到他們家大樓附近等待機會接近A子。某天晚上，我一如往常到大樓前等候，碰巧見到A子一個人從大樓衝出來，我立刻追了上去。只見她跑向側門的河邊，坐在河堤上抖著肩膀哭了起來。我假裝路人上前關心她，近看才發現，她的臉頰腫腫的，嘴角還滲血。」

「她應該有跟妳傾訴受虐的事吧。」

聽到「受虐」兩個字，她臉上的微笑瞬間消失無蹤。

〈檢證——第二十二年的真相〉中提到，柏市的街坊鄰居都在謠傳小椋夫婦虐待小孩。當時我就懷疑，他們很可能也虐待A子。輔導A子時我發現，她的言行舉動都有受虐兒的徵兆，不難猜測她從小被虐待到大，就連升上國中後也經常被家暴，導致心理受到嚴重創傷。她之所以會對父母恨之入骨、在日記中吐露對他們的恨意，都是因為這個緣故。

小椋夫婦很有可能是虐兒慣犯。這麼一來，A子會憎恨父母也是無可厚非。她應該是受不了父母的暴行，才對他們產生無以復加的恨意。

「一開始，她並沒有跟我說受虐的事。」

她輕聲說道。

「幾次聊開後，A子才慢慢對我敞開心房，對我說出自己的情況。之後我便成了她的知己，我經常與她見面，認真聽她傾訴心事，扮演一個稱職的密友角色，時而鼓勵她，時而訓斥她，讓她以為我永遠站在她這邊，絕對不會背棄她。我完全贏得了她的信賴，輕而易舉就操縱了她的心智。然後有一天，我把真相告訴了她。」

「真相？」

「沒錯，我把誘殺案的真相告訴了她，包括二十二年前她的父母是怎麼對待哥哥姊姊的……他們的行為有多麼禽獸不如……他們是惡魔……沒有資格活在這個世界上。她因為長期受到父母的嚴重虐待，聽到這件事後心情非常激動。」

「妳到底跟A子說了什麼？」

她沒有說話，只是看著馬路上的閃黃燈，一臺車子從路口呼嘯而過。

「望月辰郎其實不是兇手對吧。」

她依舊沉默不語，默然看著漆黑的馬路。

「妳探視望月時，曾說過說那個案子不是望月做的，殺害兩姊弟的另有其人，但望月否認了這點。如果望月並非真兇，妳是怎麼知道這件事的？」

見她不吭聲，我繼續追問。

「告訴我，妳到底是誰？跟望月辰郎又有什麼關係？做這些事情有什麼目的？」

她轉頭看向我，嘴唇微動。

「……我只是……希望他們從這個世界上消失，只是希望他們消失而已……」

「他們？妳是說……小椋夫婦嗎？」

「對……所以我才會把實情告訴A子，讓她知道自己的父母有多麼禽獸不如。她從未見過的哥哥姊姊，其實不是被人誘拐殺害，而是被父母活活虐待致死……」

「妳的意思是……那對小姊弟其實是被父母殺死的？」

她輕輕頷首。

「……我跟她說，這樣下去，她總有一天會死在爸媽的手下……勸她先下手為強。」

殺害小姊弟的兇手並非已遭到處決的望月辰郎，而是在向島案中喪命的小椋夫婦。簡直令人不敢置信，如果真如她所說，柏市誘殺案就是一樁不折不扣的冤案。可是……她是怎麼知道這些事的？她怎麼能確定小椋夫婦就是兇手？

「他們根本不是人，為了二十二年前喪命的那兩個孩子……總要有人讓他們血債血還，所以……」

「所以妳才會接近A子對吧？弒親計畫是妳想出來的嗎？」

「對。」

「為什麼妳要A子在他們口中塞入望月和歌的雜誌內頁呢？」

「一方面是為了混淆視聽，讓人以為是外來歹徒入侵作案，這樣警方才不會懷疑A子。一方面是為了追悼死者，悼念二十二年前死去的兩個孩子，還有被處死刑的望月辰郎……」

「也就是說，妳是為了幫望月還有小姊弟報仇，才唆使A子殺死小椋夫婦囉？」

「她做得很漂亮。父母雙亡，只有女兒留下一條命，是我們原訂計畫中最理想的結局。但我並沒有親手殺人，我只是把『真相』告訴那個孩子，讓她幫我達成目的而已。」

「為什麼？妳就這麼希望小椋夫婦死嗎？」

「報復他們……是我被賦予的職責，也可以說是我人生的全部。既然神明不肯制裁那個女人，總得有人替天行道。」

「那個女人？妳是說哪個女人？」

她沉默以對。

「妳是說……小椋鞠子嗎？」

小椋鞠子是二十二年前的「被害家屬」，同時也是A子的母親。聽到這個名字，她終於開口。

「那個女的簡直禽獸不如。小椋鞠子……才是真的鬼畜。」

「也就是說，妳恨的不是小椋克司，而是小椋鞠子？」

「那個男的只是鞠子的傀儡罷了，虐待、殺人都是他聽鞠子的指揮幹的。他對鞠子唯命是從，鞠子是披著人皮的惡魔。只要不如她的意，她連親生孩子都下得了手，簡直不是人。」

起初我以為克司是虐兒的主犯，但輔導A子後我發現，她恨的似乎並非父親，而是母親，所以聽到這些話我並不驚訝。

「鞠子在嫁給克司前有過一段婚姻，有天她突然就離開了前夫，一聲不響地離家出走。有篇文章記述了她失蹤的整個過程，裡面提到，她是因為受不了前夫家暴才離家，躲到國中同學小椋克司的家中。我後來找到了這名前夫，他告訴我，鞠子從頭到尾在胡說八道，他根本沒有家暴鞠子。鞠子是偷走他藏在家裡的一大筆錢才潛逃。但因為那筆錢是他私藏的公款，他沒辦法報警，所以只能委託失蹤調查員尋找她的下落。」

「……所以，鞠子是捲款潛逃，躲在小椋家。」

「沒錯。當時鞠子已經懷孕，並於一九八六年在小椋家生下了前夫的孩子。根據報導內容，鞠子因為擔心暴露行蹤，所以生產後並未幫孩子報戶口。這個孩子，應該就是一九九三年剛滿六歲就被殺害的姊姊——須美奈對吧？」

我偷偷瞄了她一眼，她面不改色，只是默默聽我說話，反應相當耐人尋味。

「鞠子住進小椋家後，很快就操縱了克司的行動。克司學生時代曾喜歡過鞠子，鞠子要控制他並非難事。我猜想，每次鞠子不高興，只要一聲令下，克司就會對孩子施暴，最後甚至將兩個孩子虐待致死……」

聽到這裡，她緊緊閉上雙眼，臉上盡是沉痛。我沒有繼續說下去，只是靜靜看著她。沉重的氣氛就這樣持續了好一陣子，半晌，她睜開雙眼，緩緩地開口。

「我絕對饒不了那個女人，報復她是我人生唯一的目標……不過，事情已經落幕了。像她這種隨隨便便就能殺死親生孩子的鬼畜，就應該要死在親生女兒的手上。」

她的聲音輕到像在呢喃一般，表情卻流露出無法言喻的瘋狂，左眼下的痣讓她更顯憂愁。

我吸了一口氣說：「其實……妳從頭到尾都搞錯了一件事。」

「搞錯？」
「向島案的兇手並不是A子。」
「不是A子？什麼意思？」
「A子其實是受害人。案發現場的遺留物、血跡、三名死傷者身上的防衛傷都顯示，克司才是作案的兇手。所以搜查總部研判，克司應該是在攻擊A子後殺了鞠子，然後自殺。」
「自殺……」
「沒錯，所有物證都指向克司才是兇手。至於案發過程，根據我在輔導過程中的觀察，A子原本並未打算執行你們的計畫，寫那份作案日記只是為了滿足她的弒親幻想。沒想到日記卻被鞠子發現了，鞠子怒不可遏，命令克司對女兒施暴，克司也照做了，但他愈打愈害怕。我猜測，他大概是想起二十二年前的事情，怕再這樣打下去，就會像以前一樣把小孩活活打死。那件事情應該對他造成很大的心理創傷。」
說到這裡，我暫停了一下。
「然而，鞠子不准他停手，命令他繼續施暴。此時此刻的克司已經無法對鞠子唯命是從，他不想再殺死自己的骨肉。走投無路的他，為了保護女兒，只能除掉眼前這個女人。一時衝動之下，克司彷彿被二十二年前喪命的兩個小亡靈挑唆了一般，殺死了鞠子……之後他刪掉了電腦裡的日記檔案，將房間弄得亂七八糟、故意用雨鞋卡住大門，讓警方以為是外來歹徒犯案。他這麼做都是為了A子，生怕事情曝光後，警方會將女兒列為嫌犯。所以他才會在斷氣前告訴警方歹徒是不知名男子。一切就緒後，他將鬼畜和歌的雜誌內頁塞在妻女和自己的嘴裡，然後拿菜刀刺進自己的身體……」

「他為什麼要那麼做？」

「大概是為了贖罪吧。我想，克司當時應該猜到妳是誰了，他一直都很害怕這一天的到來。雜誌刊出望月的和歌時，他應該就非常緊張，看到A子的日記更讓他心驚膽跳，沒想到有人知道二十二年前的真相。他知道自己已無路可逃，索性就殺了鞠子再自殺，一了百了。他這是在贖罪……替妳執行計畫，以慰兩個孩子的在天之靈……」

她什麼都沒有說。

夜晚的溫泉區萬籟俱寂，路上沒有半臺車子。她移開視線，看向漆黑的馬路。

「……雖然過程曲折，但妳的復仇計畫還是成功了。A子對爸媽恨之入骨，恨到想要親手殺了他們。但在現實當中，她根本沒有勇氣殺人。我在想，妳應該也跟她一樣吧？妳原本只是想藉由A子嚇嚇小椋夫婦，讓他們活在擔心犯行曝光的痛苦之中，沒想到事情卻鬧到這個地步。妳當初把望月的和歌寄給出版社，應該也是為了造成他們的恐慌。」

她沒有看向我，輕聲說道：「或許吧……不過，在電視上看到那對夫妻死亡的新聞時，我高興到全身顫抖。我為了復仇而賭上人生，如今終於如願以償。我再強調一次，我沒有親手殺人，我是借刀復仇。也是……就這一點而言，我才是真正的鬼畜，我才是被惡魔附身的那個人。望月辰郎跟我說，只有神可以作主，我們凡人不可自行復仇，因為惡意的連鎖是永無止境的。然而，仇恨不斷湧上我的心頭，我無法抑制復仇的念頭，我違背了與他的約定，也背棄了神。小椋夫妻死後，我好幾次都想尋死，我試過割腕，也想過跳軌，但最後都沒有死成。跟失去女兒、放任自己流浪街頭的望月一樣，如今我也在不斷下沉的屋船之中，一心想前往補陀落。所以我剛才才問你願不願意殺了我，幫我滅除心中的惡魔，早日斷開這復仇的連結……」

她緊緊閉起雙眼，沒有再說下去。

「妳說的全是真的嗎？」我問。

「如果我說是真的，你能實現我的願望嗎？」

「死亡不等於贖罪。利用A子復仇這種行為確實不可饒恕，這一點我很生氣沒錯，但妳並不是鬼畜。這一連串事件起於人類的惡意，這些駭人惡意糾纏在一起，才引發這麼多憾事。二十二年前的案件絕非起源，在那之前，還有望月女兒同學的惡意、父母虐兒的惡意……甚至更久以前。人類內心深處的黑暗是連綿不絕、環環相扣的，望月辰郎的所作所為，為的就是斷絕惡意的連結。妳記得嗎？妳去看守所探視望月時，他最後跟妳說了什麼？『只要妳活得健康快樂，我別無所求。』所以，妳若選擇自我了斷，望月可就白白犧牲了，這一點妳應該最清楚才是。為了身在補陀落的望月，以及那對小姊弟，妳只能活下去……那是妳的命運，也是妳的宿命……」

她的眼眸微微可見淚光。突然間，她奮然起身，拿起長椅上的托特包。那模樣，彷彿已掙脫什麼似的。

「你要說的都說完了吧？我先告辭了。」

說完，她甩頭就走。

我急忙叫住她，「等一下，妳還沒告訴我妳到底是誰！」

她在遠處停下腳步，轉過身說：「你早就知道了不是嗎？」

我沒有回答。

半晌，她雙唇微動——

一片漆黑之中，只聽得到小溪的流水聲。

那是個冷到要結凍一般的徹骨寒夜，樹林的冷風刺痛著我的臉頰。我拿著手電筒的手顫抖不已，但不是因為冷，而是因為害怕。

我握著手電筒心想，昨晚我是在作夢嗎？不，如果那只是場夢該有多好。

叔叔拿著一把大大的鏟子，不斷在地面挖洞。天氣預報說明早會下大雨，能趕在那之前找到嗎？突然間，叔叔把鏟子丟在地上。我們已經挖了很多地方，此時的他已是氣喘吁吁。他擦掉額頭上的汗，用眼神對我示意。看來終於找到了。

手電筒照著地上被挖得亂七八糟的大洞，我心驚膽跳地往洞裡看去，只見裡面兩張小臉，兩人都雙眼緊閉，臉上毫無血色。我下意識地別過頭，昨晚果然不是夢。一想到這裡，我不禁悲從中來，同時一股恨意湧上我的心頭，我好恨那個女人。

叔叔再度拿起鏟子，小心翼翼地挖開旁邊的土，土裡的姊姊跟弟弟慢慢露了出來。看到他們兩個，我的手抖得更厲害了。我緊緊捏著手電筒，生怕一不小心就掉到地上。

昨晚的她比平常更歇斯底里，弟弟不小心尿褲子讓她很不高興。就像平常一樣，她命令爸爸教訓弟弟，爸爸也一如往常地照做，他完全不敢違抗媽媽。年僅四歲的弟弟被打後，哭得更厲害了。那時我還很小，只敢躲在房間角落愣愣地看著，上前阻止只有被打的份。我很想救弟弟，卻是力不從心。就這麼打了一陣子後，爸爸收了手，她卻不肯罷休。

「好好教訓他！不然他根本不會怕！」

面對媽媽的指令，爸爸只能言聽計從，不斷搧兒子巴掌。亘的衣服上全是口中濺出的鮮血，等他們注意到時，他已經動也不動。

知道亘斷氣後，姊姊開始嚎啕大哭。她比我大一歲，那年已經七歲，但因為爸媽從小就鮮少讓她出門，也沒送她去念幼稚園跟小學，所以她連話都說不好。我後來才知道，姊姊是媽媽跟前夫生的小孩，出生後並未報戶口，除了跟我和亘到菜園旁邊的公園玩，她幾乎都關在家裡。姊姊雖然平常乖巧穩重，一旦情緒失控就一發不可收拾，所以爸媽經常把她關在院子的狗屋裡。

亘死後，姊姊像野獸一般嘶吼哭叫。媽媽叫爸爸想辦法，他立刻摀住姊姊的嘴巴，卻無法讓姊姊冷靜下來。當下媽媽簡直要氣瘋了，直叫爸爸掐死她。

「反正她活著也沒什麼意思。」

「可是……」

「你想害死我們嗎？快點！」

自亘喪命的那一刻起，爸爸已淪為那女人的奴僕，媽媽也失去了最後的理性，跨越了人性的底線。於是，爸爸一臉痛苦地掐死了姊姊。

他們把兩具屍體用毯子包好裝進後車廂，叫我坐在後座，一路開到了樹林入口。停好車後，他們打開後車廂，爸爸負責抱姊姊跟拿農用鏟子，媽媽抱著亘的屍身，我被分配到手電筒。爸媽帶我進到森林，在漆黑的森林中不斷前進。後來他們在小溪旁邊找到一塊沒有樹木的空地，便決定在那裡挖洞。

樹林內一片寂靜，只聽得到小溪的流水聲。看到爸媽認真挖土的模樣，我突然感到非常害怕。在我的眼中，他們已經不是人類。就在剛才，他們有如捏死蟲子一般殺死了兩個孩子，而且還是他們的至親骨肉……

「說不定下一個就是我……」

一想至此，我不禁背脊發涼。對啊……我怎麼現在才想到！我目擊了他們的所作所為，他們挖完洞會怎麼對付我？

我下意識地拔腿就跑，不顧一切地往前衝。見爸爸急急忙忙地追了過來，我跑得更快了。因為如果被他抓到，我肯定會落得跟姊姊還有弟弟一樣的下場！

我頭也不回地在樹林裡奔跑，最後卻還是逃不出他們的手掌心。爸爸一下就追到了我，把我拉回那塊空地。他狠狠地抓住我的手臂，粗粗的手指掐得我發疼，我知道我已經逃不掉了。

回到空地後，媽媽走向爸爸，在耳邊竊竊私語。看來我真的要沒命了！接著，媽媽突然後退一步，爸爸也鬆開了手。我原本想轉身逃跑，卻發現自己無法呼吸。是爸爸！

他掐住了我的脖子，我閉上眼睛，做好喪命的覺悟。

然而，爸爸卻立刻鬆開了手，搖搖晃晃地跌坐在地上。

「你在做什麼？被她逃走怎麼辦？」

爸爸抱著頭沒有回答。

「快呀！你不怕她說出去嗎？」

「我不會說出去！我會保密的！」我拚了命地叫道。

然而，她看著我的眼神早已不正常。她伸出沾滿泥濘的雙手，使勁掐住了我的脖子。

好難受……

媽媽的手好冰。在我眼前的，是一個掐住女兒脖子的母親。此時此刻她已經失去人類該有的樣貌，而是一隻魔鬼，一隻披著人皮的魔鬼！

她愈來愈用力，我的意識也逐漸遠去……。

泥土的味道——

我微微張開眼睛，上方不斷有泥土打在我的身上。我這才明白，自己應該是在地洞裡，爸媽正用鏟子把我埋起來。我沒有死，只是被媽媽掐昏了。

他們兩個埋得氣喘吁吁、心無旁騖。泥土不斷打在我的臉上，我忍不住用雙手摀住口鼻。「糟糕，我不小心動了，好不容易才死裡逃生，他們會不會發現我還活著？」所幸兩個人並未停手，他們大概是埋得太認真了，才沒注意到我的動作。我用雙手遮住臉，在土裡屏氣凝神。慢慢的，泥土覆蓋了我的身體，周遭也陷入一片黑暗。

置身伸手不見五指的寂靜地底，我彷彿冬眠中的昆蟲一般全身僵硬，生怕被他們發現我還活著。

不知道過了多久，我開始感到呼吸困難。最後因為太難受了，我用盡吃奶的力氣把土撥開，顧不了口鼻裡全是土，死命地往前挖。突然間，我看到東西了！原來我還在樹林裡面。

我連咳了好幾聲，把嘴裡的泥土吐掉，然後用力吸了一口地面的新鮮空氣。從土裡爬出來後，我環視周遭，爸媽早已不見蹤影。

我搖搖晃晃地起身，一心只想趕快逃離這裡，也顧不了滿身是土，拔腿就跑。

我不知道自己的方向對不對，只是一味向前跑，累了就躲在樹下喘口氣。在漆黑的樹林中我心想，這一切會不會只是夢呢？我是在作惡夢吧？如果這是一場夢，我好想趕快醒來。

我冒著被發現的危險，來到家附近的公園。此時此刻的我，除了望月叔叔不知道還有誰可以依靠。叔叔是住在這座公園的流浪漢，他知道我們三個常被爸媽虐待，總是認真聽我們三個孩子訴苦。找到叔叔後，我把昨晚發生的事情全告訴了他。為了不讓爸媽發現，叔叔先把我藏了起來，晚上才跟我去樹林。

找到姊姊和弟弟後，叔叔深深嘆了口氣，雙手合十跪在冰冷的屍體前。半晌，他睜開雙眼，開始幫屍體脫衣服。

「很冷對吧，對不起喔。」

脫光衣服後，叔叔把他們的衣服、內衣褲、鞋子放進他的黑色後背包，拿出一套不知道從哪買來的可愛童裝和全新運動鞋，對我說：「來，把這套衣服換上。」

「為什麼要換衣服？」

「我想到一個好主意。」

「好主意？」

「是呀，好主意……相信叔叔好不好？」

如今我唯一能相信的就只有叔叔了。我聽他的話，脫掉沾滿泥土的黃色小花洋裝和運動鞋，讓叔叔放進黑色背包，然後再換上他幫我準備的新衣服。

接下來，叔叔做出了奇妙的舉動。他小心翼翼地將姊姊全裸的屍身抱回洞中，再來是弟弟，然後用鏟子把他們埋起來。

好不容易把洞填好後，叔叔擦掉額頭上的汗。

「終於弄好了。」叔叔轉過來，用他那滿是泥濘的臉對我說：「這樣就不用擔心了！」

「真的嗎？」

「對啊，妳只是作了一場惡夢，要把惡夢忘光光喔！永遠不要再想起昨天發生的事，知道嗎？」

「好！我知道了！」

聽到叔叔這麼說，我稍微安心了一些，或許這真的只是一場惡夢吧。

「還有，妳要答應我，從今天起忘記自己的名字。」

「忘記名字？」

「沒錯，妳要忘記名字，重新做人，否則會被送回爸爸媽媽身邊喔。」

叔叔說得沒錯。爸爸媽媽以為我已經死了，如果他們知道我還活著，肯定會設法殺了我。

「從今以後妳要過新的人生，就當以前的事沒發生過，已經不會再有人打妳踢妳了。」

「真的嗎？」

我簡直不敢相信。以前我天天被打，每天過得痛苦不堪，有時候還好幾天沒飯吃，餓得前胸貼後背。如果可以擺脫這樣的生活，我願意照叔叔說的做。

「叔叔已經跟朋友說好了，他已經答應讓妳去他那邊住。叔叔的朋友是廟裡的住持，他家是開孤兒院的，是叔叔最崇拜、最尊敬的人喔！妳就把他當作新爸爸，跟著他好好生活吧。那邊也有其他小朋友喔！」

說完，叔叔遞給我一個信封，裡面裝了到福島縣寺廟的地圖、給住持的信，還有一些鈔票跟零錢。

「妳一個人到得了嗎？」

「我一個人？叔叔你不帶我去嗎？」

「沒辦法耶，叔叔有個非去不可的地方。」

「你要去哪裡？」

「我要去警察叔叔那邊。」

當時我以為他要去報警抓我爸媽，沒想到並非如此。

「還有，妳要答應我一件事。妳千萬不可以跟任何人提起這兩天發生的事。要全部忘光光喔！妳想要重生對不對？那就一定要忘掉以前的事，包括那些痛苦的回憶，還有妳對爸媽的怨恨。」

「全部？」

「對。能做到嗎？」

「如果沒有遵守約定會怎樣呢？」

「神明會生氣喔。懲罰壞人是神明的工作，人要忘記怨與恨，才能獲得幸福喔！」

「真的嗎？」

「當然是真的啊。而且，如果妳沒遵守約定，叔叔會很難過的。」

「難過？」

「沒錯，答應我好嗎？千萬不可以把今天的事情說出去，要忘光光喔！」

當時我其實很猶豫，擔心自己無法忘卻這些事。但我不想要叔叔難過，只能硬著頭皮答應他。

「好。」

「來，我們打勾勾。」

他伸出沾滿泥巴、骨瘦如柴的小指。於是，我們在這片被黑夜包圍的冬日森林中打了勾勾。

「……好了，早點出發吧。」

「好。」

「路上小心喔！」

「知道了！」

才轉身準備離開，我又轉了回來。

「叔叔，我們還會見面嗎？」

他沉默了一會兒，想了一下說：「……肯定還會見到的。」

語畢，他皺起眉頭，給了我一個溫柔的微笑，細細的眸子裡泛著淚光。

「只要妳活得健康快樂，我別無所求。記得，忘掉過去……好好活著，一定要活下去！」

一片寂靜包圍了我們。在漆黑的森林中，只有那雙溫柔的眼神閃閃發光。

叔叔的臉龐沾滿泥污，目不轉睛地看著我。

我一輩子都忘不了望月辰郎那充滿慈愛的神情。時至今日，只要想起他當時的表情，我仍會胸口一緊。

我一直想不透，為什麼望月辰郎不向警方說出真相呢？他為什麼要幫爸媽頂罪呢？直到讀出短歌中隱藏的「真意」，我才明白當初他是抱著什麼心情救我的。

去看守所探視望月時，他告訴我：「我不准女兒說出真話，要她接受自己的命運。我告訴她，如果訴諸真相會傷害別人，那就只能自己承受痛苦，否則恨意只會環環相扣，永遠無法到頭。」

然而，今日香卻因為想不開這一點而選擇一死，望月當初肯定沒料到女兒會走上絕路，所以才會對女兒的死這麼自責，甚至不惜流浪街頭，打算讓自己落魄而死。就在這時，他遇到了我，並將死去的女兒投射在我身上，希望我能夠逃離爸媽的魔掌，繼續活下去。

望月辰郎是在贖罪。

對渡海前往補陀落的女兒贖罪……

人類內心的黑暗惡意自古連綿至今，望月犧牲自己來切斷這些恨意與怨仇，啟程前往女兒身邊。

而我……

我拚了命在森林中奔跑。

不知道為什麼，同是身處黑暗深處，今天卻沒有那麼害怕了。是因為我的眼睛已經習慣黑暗了嗎？還是叔叔給了我希望呢？我可以安心了，爸媽以為我們三姊弟都死了，即使離開這座森林，也不用擔心被爸媽抓走。

天空開始下雨，我沿途撥開樹枝，在茂密的樹林間鑽來鑽去，即便全身溼透，仍不顧一切地往前衝。跑著跑著，樹林的出口便出現在眼前。

我就快要重生了！只要離開這座樹林，就不會再有人打我踢我，我就可以遠離疼痛，不用再過擔心受怕的生活。

我能忘記對父母的恨意嗎？我能忘記年幼喪命的姊姊和弟弟嗎？或許我無法忘記一切，但無論發生什麼事，我都會遵守跟叔叔的約定，好好活著，一定要活下去！

小椋須美奈在心中暗下決心，跑出了這座樹林。

此身化魔鬼　所經之路皆暗黑　直至今時日　支離散碎破鏡中　依舊映照地獄景
鬼と化す　経ては暗闇　今もなお　割った鏡に　地獄うつりて

漂然浮溪面　無衣赤裸鮮花冠　稚子有何辜　啟程離世別生地　隨波逐流無影蹤
川面浮く　衣はなき花冠　生の地を　発つ子咎なき　流れては消え

豎耳細聆聽　三途之川水潺潺　我聞猶憐愛　冥途綿絲純白淨　此世深受死色毒
耳すまし　三途渡しの　音が愛し　真綿死の色　在世死の毒

口吐鮮紅血　雌雄雙雙命終結　森林深淵處　勿滲純潔無垢白　死亡之色赤紅矣
血反吐吹く　雌雄果てたり　森の奥　白に滲むな　死色の赤よ

牢獄鐵格柵　日久相望心生厭　腦中唯仇念　獄窗望外常春藤　心中盡是恨與怨
鉄格子　飽く間に過ぎる　仇討ちか　蔦目も憎き　獄の窓より

亡童合梳蓖　軀體髮膚頭腳處　淨化脫塵污　地獄審判嗜血神　屍橫遍野身疊身
死子に櫛　身の隅々も　清められん　沙汰血切る神　累々の死屍

邪眼邪目光　手出拳打止不住　纖皮柔體膚　摩擦受創血滲出　手中小童氣已無

邪の視線　ぶつ手止まらず　柔い皮　擦れて滲む血　子の息止まる

姊姊臥地倒　奄奄一息仍呻吟　少女如蠟像　急火攻心舉手起　烏鴉劃過空中雲

姉が伏す　身鳴き身は息　蠟少女　命に怒れ　手よ烏や雲に

僵舌從口出　眼前光景如奇術　硬如紅牌木　四只眼眸已得樂　終得離苦遠痛楚

硬き舌　奇術の如き　赤木札　楽になりにし　四つの眼

夕陽漸西沉　天昏色暗薄暮冥　黑暗深淵處　若得奇形妖異花　願與詛咒草拌攪

暮れゆくも　薄く立つ霧　闇深き　妖花に和える　呪い草かな

獸鍥（望月辰郎）

和歌解說

參考文獻

《今天開始我就是流浪漢了　十五名上班族的落魄人生》增田明利（彩圖社）
《戴著項圈的刑警　警犬物語》來栖三郎（文藝社）
《和歌的規則》渡部泰明邊（笠間書院）
《珍藏版　遺愛集　獄中惜命歌集》島秋人（東京美術）
〈聖人之歌〉車谷長吉（《書的故事》二〇〇六年八月號）
《追蹤者》福本博文（新潮社）
《失蹤的那些人》岡崎昂裕（寶島社新書）
《日本的無籍人口》井戶雅　（岩波新書）

繁體中文版作者後記

這是一則虛構故事，只是我盡可能地將它寫得像真人真事。「出版禁止」系列屬於「偽報導文學」，故事的軸心都是因為某些原因而被禁止出版、被禁刊的書籍或報導，這些作品的背後都藏有不為人知的真相。《出版禁止》第一集中，一名記者將自己追蹤一宗「心中案（殉情案）」的過程寫成報導文學，接連掀開一層又一層的案件內幕。第一集與這本續集並無直接關聯，前作是以單篇報導文學為主軸，這本《出版禁止：死囚之歌》則是由多篇文章和報導組成，進而描繪出一個完整的故事。這些文章起初看似毫無關聯，但在拼湊起來後，原本埋藏在黑暗之中的「某個事實」也隨之浮上檯面。當初我想寫的，就是這種小說。

本書雖然是虛構故事，背景卻是一個真實存在的死囚。這名死囚名為「西口彰」，是個曾經震驚日本社會的連環殺人犯。一九六三年，福岡縣接連發現兩具男性屍體，警方根據目擊者的證詞，判定兇手應為住在附近的職業司機西口彰（當時三十七歲），並對他發出全國通緝令。之後西口隱姓埋名竄逃於日本各地，期間還殺害了旅館老闆娘等三人。隔年他在福岡一處民宅被民眾識破身分，被捕後於一九七〇年遭到處決。

西口一連奪走了五條人命，他究竟為何犯下如此令人髮指的兇案？至今我們仍不清楚他的犯案動機。作家佐木隆三曾將他採訪該案的內容寫成紀實小說——《我必報應》（復讐するは我にあり），書中提到，犯案動機應該跟西口（小說裡是使用化名）的出身有關。他生在一個天主教家庭，犯案很可能是受到嚴守天主教戒律的父親影響。「我必報應」這句話就是出自《新約聖經》，意思是「只有神才能讓惡人得到報應，我們絕對不可自行報復」。然而，這本小說最後還是沒有交代西口究竟為何犯案，正如「我必報應」這句話所示，書裡沒有譴責兇手，也沒有對其殘暴的行為表示憤怒，只是以一貫淡然的語氣描述他的所作所為，彷彿犯案動機「只有神知道」似的。

本書內容深受《我必報應》的影響。「動機不明的死囚」、「只有神才能進行報復」——這兩個要素正是《出版禁止：死囚之歌》的故事核心。秋山駿老師曾為《我必報應》寫了一篇解說，其中有一段文字深深觸動了我的心：

「犯罪是一條**活生生的、不斷流動的河流**——裡面流著驅動犯人內心和肢體的天然粒子，以及圍繞在被害人又或是兩者身邊、有如怪異的邊框一般，不斷往他們貼近的世人，（中略）無數的粒子在河中合攏聚集，彼此糾纏。」（強調處為筆者標記／出處：《我必報應　改訂新版》文春文庫）

沒錯，犯罪正是一條活生生的河流。新聞習慣將犯罪歸結成「案件」，然而，一宗犯罪的背後往往是千絲萬縷，牽扯了無數的人物、事實與現象，有如一條廣闊的大河。你我都在這條水流中生活度日，任誰都無法將關係撇得一乾二淨。

霸凌、虐待、隨機殺人……這些令人怵目驚心的案件，正不分日夜地在你我身處的社會中發生。許多人打著「惡魔」的名號，將自己化作令人畏懼的存在。但我始終相信，人類的本質並非僅止於此。有作惡多端的人，也有心懷慈悲的人。這條河裡雖然流著犯罪黑水，但只要斬斷「惡意」的連鎖，或許「希望」就會隨之出現。於是我將這樣的想法，寫進了本書的結局之中。

各位台灣的讀者看完這本書有什麼感想呢？我以前從未想過自己的小說會飄洋過海，被其他國家的朋友閱讀，得知自己的作品要在台灣出版時，我的心裡盡是感慨。這本書充滿了悲慘的人事物，如果各位能感受到隱藏在故事背後的「慈愛」，那就是我這個作者的幸福了。

今後我將繼續創作《出版禁止》系列作品，目前我已在策劃第三集，也有了幾個構想。只要人類本能仍存有「惡意」，《出版禁止》就有無限的可用題材。

下一集的《出版禁止》說不定會「走出日本」，如果以台灣的駭人案件作為故事主題，大家覺得如何呢？比方說，一樁跨足日台兩國的神秘事件，有記者深入追蹤採訪，打算出版成書，最後卻被迫喊停，真相也隨之石沈大海……這會是一個什麼樣的故事？為什麼被禁止出版？最後又會迎來什麼樣的結局？光用想的就覺得有趣。

二〇一九年十月七日

長江俊和

長江俊和作品

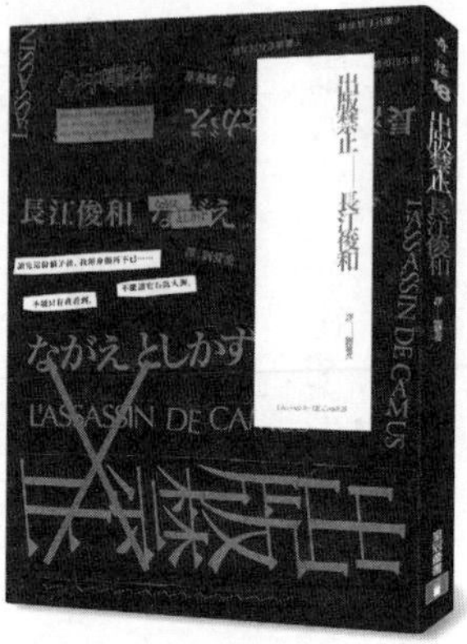

你難道不想看嗎？禁忌的秘密，就藏在這本書裡！

出版禁止

日本熱門節目《國王的早午餐》特別推介，引發空前討論！
「讀書Meter」網站超過1,100位讀者留評熱烈回響！

我收到了一份因為「某些原因」被取消出版的詭異稿子，不同於一般被禁止出版的任何一本書，這本書既非抄襲，也非歧視，更沒侵犯人權。它為什麼會被禁止出版？裡面到底寫了什麼？懷著好奇和懷疑的心情，我讀了這份稿子，沒想到，作者的文字卻彷彿在我的心中扎了根，令人日思夜想、魂牽夢縈。這份稿子所寫的，是幾年前曾經引起軒然大波的「殉情事件」。不，如果您看了這本書，您可能會同意，我們應該將它稱之為「死亡漩渦」……

國家圖書館出版品預行編目資料

出版禁止：死囚之歌 / 長江俊和著；劉愛夌譯.
-- 初版. -- 臺北市：皇冠, 2019.11
面； 公分. -- (皇冠叢書；第4804種)(奇.怪；21)
譯自：出版禁止：死刑囚の歌
ISBN 978-957-33-3491-0(平裝)

861.57　　108017167

皇冠叢書第4804種

奇・怪 21

出版禁止 死囚之歌

出版禁止　死刑囚の歌

作　　者—長江俊和
譯　　者—劉愛夌
發 行 人—平雲
出版發行—皇冠文化出版有限公司
台北市敦化北路120巷50號
電話◎02-27168888
郵撥帳號◎15261516號
皇冠出版社(香港)有限公司
香港上環文咸東街50號寶恒商業中心
23樓2301-3室
電話◎2529-1778　傳真◎2527-0904
總 編 輯—龔槵甄
責任主編—許婷婷
責任編輯—陳怡蓁
美術設計—嚴昱琳
著作完成日期—2018年
初版一刷日期—2019年11月

法律顧問—王惠光律師

讀者服務傳真專線◎02-27150507
電腦編號◎512021
ISBN◎978-957-33-3491-0
Printed in Taiwan
本書定價◎新台幣320元/港幣107元